HEYNE
BÜCHER

In der Perry-Rhodan-Reihe
sind als Heyne-Taschenbücher erschienen:

Planet der Mock · Band 16/1
Der große Denker von Gol
Band 16/2
Schatzkammer der Sterne
Band 16/3
Sturz in die Ewigkeit · Band 16/4
Die verhängnisvolle Expedition
Band 16/5
Die Tochter des Roboters
Band 16/6
Die Zeitspringer · Band 16/7
Am Rand des blauen Nebels
Band 16/8
Invasion der Puppen · Band 16/9
Die goldenen Menschen
Band 16/10
Im Zentrum der Galaxis
Band 16/11
Die Parasklaven · Band 16/12
Sternkolonie Troja · Band 16/13
Die Nacht des violetten Mondes
Band 16/14
Ich, Rhodans Mörder · Band 16/15
Phantom-Station · Band 16/16
Der Flug der Millionäre
Band 16/17
Raumkapitän Nelson · Band 16/18
Die Zone des Schreckens
Band 16/19
Das Gesetz der gläsernen Vögel
Band 16/20
Das tödliche Paradies · Band 16/21
Der Geisteragent aus dem All
Band 16/22
Der Einsame von Terra
Band 16/23
Baumeister des Kosmos
Band 16/24
Ins Weltall entführt · Band 16/25
Fischer des Universums
Band 16/26
Ein Teil der Ewigkeit · Band 16/27
Gucky und die Mordwespen
Band 16/28
Terra in Trance · Band 16/368
Das Aralon-Komplott
Band 16/369
Welt der Prospektoren · Band 16/370
Luminia ruft · Band 16/371
Das Gremium der Vier · Band 16/372
Deserteur der USO · Band 16/373
Die Wurzeln des Todes
Band 16/374
Halo 1146 · Band 16/375
Die Toleranz-Revolution
Band 16/376
Tränen vom Himmel · Band 16/377
Die Elixiere von Chubbid
Band 16/378
Sturm der neuen Zeit · Band 16/379
Als die Kröten kamen · Band 16/380
Verlorenes Leben · Band 16/381
Das sterbende Imperium
Band 16/382
ELOHIM II . Band 16/383
Das Bermuda-Loch · Band 16/384
Eisige Zukunft · Band 16/385
Welt über den Wolken
Band 16/386
Hölle hoch vier · Band 16/387
Galaktische Rache · Band 16/388
Schach den Cantaro · Band 16/389
Das hohle Paradies · Band 16/390
Im Nichts gestrandet · Band 16/391
Psychospiel · Band 16/392
Atlans Todfeinde · Band 16/393
Der Moloch · Band 16/394
Testflug · Band 16/395
Für Arkons Ehre · Band 16/396

Perry Rhodan

DIE FREMDEN AUS DEM MIKRONEBEL

Sie verlassen ihre Heimat – ihr Ziel ist die Menschheit

Ein Science-Fiction-Roman von

KURT MAHR

WILHELM HEYNE VERLAG
MÜNCHEN

PERRY RHODAN
Nr. 16/29

Umwelthinweis:
Dieses Buch wurde auf
chlor- und säurefreiem Papier gedruckt.

Redaktion: Klaus N. Frick

Wilhelm Heyne Verlag GmbH & Co. KG, München
Printed in Germany 1996
Umschlagillustration: Alfred Kelsner, Bünde
Umschlaggestaltung: Atelier Ingrid Schütz, München
Satz: Franzis-Druck GmbH, München
Druck und Bindung: Ebner, Ulm

ISBN: 3-453-09196-5

Wenn man bedenkt, wie lange der Mensch brauchte, um sich die Erde untertan zu machen – mit anderen Worten: zu dem Punkt zu gelangen, an dem nicht mehr die Umwelt ihn, sondern er die Umwelt beherrschte –, dann kann man sich vorstellen, daß der Prozeß der Eroberung der Galaxis nach einem Zeitplan ablaufen muß, der nicht nach Monaten und Jahren, sondern nach Jahrhunderten und Jahrtausenden rechnet. Zwar stehen dem zur interstellaren Eroberung aufbrechenden Menschen Mittel zur Verfügung, wie er sie sich nicht einmal hätte träumen lassen, als er daran ging, sich die Erde untertan zu machen. Aber nicht nur Zahl und Qualität der Mittel, sondern auch Vielfalt und Größe der Gefahren, die dem Eroberer begegnen, sind lawinenartig gewachsen seit jenem Tag, an dem der erste Vormensch ein Tier erschlug, nicht weil er Hunger hatte, sondern um zu beweisen, daß er der Stärkere war.

Im Zuge seines Vorstoßes in immer fernere Welten sieht sich der Mensch mit immer fremderen Umgebungen konfrontiert. In vielen Fällen ist die neue Umgebung unik, so daß keine Erfahrung ihn lehrt, wie er sich zu verhalten hat. Und in einigen Fällen entzieht sich die neue Umwelt jeder logischen Beurteilung – ganz einfach, weil sie auf der Basis einer anderen Gesetzmäßigkeit entstand, als der Mensch sie kennt. Es ist daher nicht verwunderlich, daß das Kolonisationsprogramm des Solaren Imperiums noch im 24. Jahrhundert, vierhundert Jahre nach dem ersten Vorstoß des Menschen ins Weltall, jene buntschillernde Vielfalt zeigte, wie sie unausgegorenen Ideen und Plänen eigen ist. Die Menschheit war am Probieren. Sie versuchte, aus vielen die eine Methode herauszufinden, die bei der Kolonisation einer fremden Welt am schnellsten zum Erfolg führte: Der eine Siedlerplanet wurde mit Hunderttausenden von Kolonisten überschwemmt, denen man nur spärliche technologische Mittel mitgab, um sie zu zwingen, ein eigenes System zu entwickeln; eine andere Welt wurde von nicht mehr als einer Handvoll Menschen besiedelt, die als Ausgleich die modernsten Erzeugnisse der Technik mitnehmen durften. Zwischen beiden Extremen gab es viele Variationen. Jede fand einen Fürsprecher, und jede wurde irgendwann einmal ausprobiert.

Der Planet Filchner gehörte zu jenen Welten, auf denen man die Kolonisation mit einem Mindestaufwand an Menschen und dem

Höchstmaß an technischer Hilfe durchzuführen suchte. Filchner war zwölftausend Lichtjahre von der Erde entfernt – zu seiner Zeit also der am weitesten vom Zentrum des Imperiums entfernte Kolonialplanet. Auf Filchner gab es Eingeborene. Es handelte sich um ein durchaus humanoides Volk, das sich über mehr als die Hälfte von Filchner ausgebreitet hatte und etwa zehn Millionen Köpfe zählte. Das Motiv, das sich hinter der Wahl der Kolonisationsmethode verbarg, war leicht zu erkennen. Filchner sollte nicht ›erobert‹, sondern ›beeindruckt‹ werden. Eine große Anzahl von Siedlern hätte die Eingeborenen verbittert. Eine kleine Zahl dagegen, mit den entsprechenden Hilfsmitteln ausgerüstet, konnte das fremde Volk mit Bewunderung für die Menschen erfüllen und in ihm eine Bereitschaft erzeugen, der Übernahme seiner Welt in das Solare Imperium zuzustimmen.

Nachdem Filchners Untersuchung durch die Schiffe der Explorerflotte abgeschlossen war, landeten im Jahr 2386 fünf Kolonisten auf der Nordhalbkugel des Planeten. Mit ihnen zusammen wurden viertausendachthundert Tonnen technischen Materials aus dem Versorgungsschiff geladen. Die fünf Siedler erstellten mit Hilfe der Geräte innerhalb von fünf Tagen eine kleine Siedlung, wie sie ordentlicher und sauberer nirgendwo auf der Erde stehen konnte, und gingen ans Werk, Filchner zu kolonisieren. Die Eingeborenen, die eine leicht erlernbare Sprache sprachen und sich Arek nannten, waren aufgeschlossen und reagierten auf die überlegene Technik der Terraner genauso, wie die Experten des Siedlungsamtes in Terrania erwarteten.

Im Laufe eines Jahres entwickelte sich Filchner zu einer Art Musterplanet. Das Siedlungsamt betrachtete das Experiment als erfolgreich, und eine Reihe anderer Welten wurde für die gleiche Art von Kolonisierung vorgeschlagen.

Noch im Frühjahr 2388 sah es so aus, als könne nichts die ruhige Entwicklung der Siedlungswelt Filchner stören. Plötzlich jedoch zogen dunkle Wolken am Horizont herauf, und noch bevor die Leute auf Filchner sie richtig wahrgenommen hatten, brach ein Unwetter über die paradiesische Welt herein, das das gesamte Solare Imperium in Aufregung versetzte …

1.

Doc Lorran hatte es sich gerade auf der Bank im Garten bequem gemacht, als er den Wagen kommen hörte. Verwundert drehte er sich um, aber das weiße Haus verdeckte die Aussicht. Er sah nur die Staubfahne, die sich hinter dem Fahrzeug erhob und über das platte Dach emporstieg.

Erstaunt und ein wenig mürrisch erhob er sich von der Bank, um nachzusehen. Es war acht Uhr nachmittags. Um diese Zeit hielten Doreen und Pete ihren Mittagsschlaf, Kalep jagte unten am Fluß nach Blaupelzhasen, und Sifter war mit dem Flugzeug unterwegs, um die Westhälfte des Kontinents zu kartographieren. In ganz Rivertown gab es niemand, den man um diese Tageszeit am Steuer eines Wagens zu sehen erwartete.

Doc Lorran schob seine zweihundertundsiebzig Pfund durch die Hintertür und durchquerte mit dröhnenden Schritten das kleine Haus, in dem er wohnte und praktizierte. Er hörte, wie der Wagen draußen vorfuhr und anhielt. Seine erstaunte Unruhe verwandelte sich in helle Sorge. Er stürmte zur Tür, riß sie auf und trat hinaus in das helle Sonnenlicht.

Vor ihm, am Rand der breiten Straße, die Rivertown der Länge nach durchzog, stand ein Fahrzeug, das er noch nie gesehen hatte. Und in dem Fahrzeug saßen zwei Männer, die er nicht kannte. Sie waren unzweifelhaft Terraner, aber auf ganz Filchner gab es nur fünf Terraner – das waren er selbst, Doreen und Pete, Kalep und Sifter.

Doc Lorran hatte einen Augenblick lang das Gefühl, er würde ohnmächtig. Mit einem hastigen Schritt zog er sich zur Hauswand zurück, lehnte sich dagegen und stieß einen tiefen Seufzer aus. Er senkte den Blick, wischte sich mit beiden Händen über die Augen und sah noch mal hin.

Der fremde Wagen stand noch da.

Einer der beiden Männer war ausgestiegen und kam auf ihn zu. Mit seiner großen, schlanken Gestalt machte er keinen überwältigenden Eindruck. Aber das Lächeln auf dem ein wenig verlegenen Gesicht war voll von echter Freundlichkeit.

Doc Lorran hatte das Gefühl, dem Fremden wäre die Überraschung genauso peinlich wie ihm. Der Braunhaarige blieb stehen.

»Ich versichere Ihnen«, begann er in fließendem Interkosmo mit unverkennbarem terranischen Akzent, »daß es uns äußerst unangenehm ist, unangemeldet zu erscheinen und Verwirrung zu verursachen. Aber wir hatten leider keine andere Wahl. Mein Name ist Giuliano, und mein Begleiter«, er wies auf den Mann, der hinter dem Steuer saß, »ist Mitchell Hannigan. Wir sind beide Mitglieder eines Surveyor-Teams, und unser Raumschiff liegt irgendwo in den südlichen Wäldern des Westkontinents.«

Mehr sagte er nicht. Er überließ es Doc Lorran, das Bild abzurunden. Lorran hatte keine Ahnung, was ein Surveyor-Team war, aber es hörte sich so an, als wäre es eine offizielle Sache. Und daß jemand, der mit seinem Raumschiff im Süden des Westkontinents notlanden mußte, auf dem schnellsten Weg die Zivilisation zu erreichen suchte, das war mehr als verständlich. Doc Lorran schämte sich plötzlich seiner so offen gezeigten Überraschung.

Er trat auf Giuliano zu und reichte ihm die Hand.

»Entschuldigen Sie«, sagte er, »aber auf Filchner verliert man einfach die Fassung, wenn plötzlich zwei Fremde auftauchen.«

Giuliano nickte.

»Sie werden wahrscheinlich einen Funkspruch absenden wollen«, fuhr Lorran fort, bemerkte sein Versäumnis und schlug sich erschrocken auf den Mund. »Oh, verzeihen Sie – ich bin Ely Lorran, der Arzt in diesem Fünfleutedorf.«

Giuliano lächelte freundlich.

»Freut mich, Doktor. Sie haben recht. Wir müssen tatsächlich auf dem schnellsten Weg einen Spruch loslassen. Soweit ich über Filchner informiert bin, gibt es hier alle Vorzüge der modernen Technik. Sie ...«

»Gewiß, gewiß«, unterbrach ihn Lorran. »Hyperkom, E-Em, Richtstrahlantennen jeder Bündelungsfähigkeit ... alles!«

»Vorzüglich. Was wir brauchen, ist ein Hyperkom. Selbst die nächststehenden Einheiten unseres Kommandos sind ein paar hundert Lichtjahre entfernt. Die Leute haben alle Hände voll zu tun. Wie rasch sie uns zu Hilfe kommen können, weiß man nicht. Es könnte zwei oder drei Tage dauern.«

Doc Lorran war ganz in seinem Element. Seitdem er den Schock der Überraschung überwunden hatte, bemühte er sich zu zeigen, daß Rivertown gastfreundlich und weltaufgeschlossen war.

»Sie sind unsere Gäste«, stieß er hervor. »Warten Sie nur, bis ich den anderen erzähle, daß wir Besuch bekommen haben. Das wird eine Freude sein! Und bis man Sie von hier abholt – was hoffentlich nicht so bald geschieht –, werden Sie in einem der Häuser unten an der Straße wohnen. Sie stehen leer. Wir bauten sie, weil wir nichts anderes zu tun hatten.«

Der Schlanke, Braunhaarige, der sich Giuliano nannte, stand an dem breiten Fenster, das fast die gesamte Vorderwand des Zimmers einnahm, und sah auf die Straße hinaus. Für die geringe Zahl von Leuten, die darin wohnten, war Rivertown eine beeindruckende Stadt. Es gab nahezu dreißig Gebäude, und einige davon wiesen imposante Ausmaße auf.

Die Stadt war denkbar einfach angelegt. Ihr Kernstück bildete die Straße – ein einhundert Meter breiter, vorläufig noch ungepflasterter Verkehrsweg, über den in zwei oder drei Generationen die Fahrzeuge der Neusiedler rollen würden. Die Straße war nur einen Kilometer lang. Sie begann rechts irgendwo mitten in der Wildnis und endete rechts drüben im Busch. Im Augenblick spielte sie nur die Rolle eines Symbols.

An den Rändern der Straße entlang hatten die Siedler ihre Häuser gebaut. Die vier Wohngebäude lagen in der Mitte, je zwei rechts und links des Straßenrands. Nach Westen zu schlossen sich auf beiden Seiten die leerstehenden Häuser an, von denen Doc Lorran eines den beiden Fremden als Unterkunft angeboten hatte. Jenseits der bewohnten Gebäude erhoben sich die Häuser, in denen das wissenschaftliche und technische Gerät untergebracht war. Der Kolonisationstheorie entsprechend, die im Fall Filchner angewendet worden war, übertrafen sie an Größe und Zahl die bewohnten Gebäude bei weitem. Der nachdenkliche Beobachter erkannte eine Anlage zur Herstellung von synthetischer Nahrung, ein Fusionskraftwerk, die grotesken Umrisse des automatischen Düngemittelerzeugers, eine Reparaturwerkstatt für Fahrzeuge, eine Garage, das Observatorium und schließlich, am östlichen Ende der Straße, das eindrucksvolle Bauwerk des Hypersenders mit seiner weit aufragenden Antenne. Zwischen denen, deren Zweck er leicht erkennen konnte, lagen andere Gebäude, deren Funktion ihm unklar blieb. Alles in allem, fand er, war Rivertown eine Stadt mit einer atemberaubenden Konzentration an menschlichem Wissen und an Produkten der modernsten Technik.

Er wandte sich vom Fenster ab und musterte den langgestreckten Raum, den der zukünftige Besitzer einst sein Wohnzimmer nennen würde, mit nachdenklichem Blick. Die Siedler hatten das Haus vollständig eingerichtet. Das Mobiliar stammte aus den Fertigungsanlagen weiter oben an der Straße und war aus einem Material hergestellt, das es unwesentlich machte, ob das Haus in fünf oder in fünfzig Jahren bezogen würde. Wände, Möbel, Teppiche, Fenster – alles besaß nahezu unbegrenzte Haltbarkeit.

Hannigan saß auf einem breit ausladenden Sofa im Hintergrund des Zimmers und starrte zwischen den Knien hindurch auf den Boden. Giuliano sah ihn eine Zeitlang an, bevor er fragte:

»Meech – wozu die ganze Geheimnistuerei?«

Meech, den man so nannte, weil er infolge eines lächerlichen Sprachfehlers seinen Namen Mitchell nicht richtig aussprechen konnte, sah auf.

»Ich erinnere mich, diese Frage schon öfter gehört zu haben, Sir«, antwortete er mit unbewegtem Gesicht. »Die Entwicklung der Kolonie muß ungestört verlaufen. Niemals darf der Eindruck entstehen, daß offizielle Stellen des Imperiums sich in den Prozeß eingeschaltet haben. Wie Sie wissen, Sir, handelt es sich um ein Experiment. Die vorgeschriebenen Versuchsbedingungen sind unbedingt einzuhalten.«

»Paragraph acht, Abschnitt dreizehn«, spottete der Dunkelhaarige. »Aber hier ist die Lage anders. Filchner befindet sich in Gefahr, nicht wahr?«

Meech hob abwehrend die Hand.

»Das ist noch nicht bewiesen, Sir«, gab er zu bedenken. »Vorläufig handelt es sich ja lediglich um einen Verdacht.«

»O ja!« rief Giuliano ärgerlich. »Um einen Verdacht, der so dicht ist, daß man ihn mit den Händen greifen kann. Man müßte ein Idiot sein, um noch Zweifel zu haben.«

Meech zuckte mit den Achseln. »Da kann ich nicht mitsprechen, Sir. Für mich besteht ein wesentlicher Unterschied zwischen einem Wahrscheinlichkeitskoeffizienten von eins und einem von null Komma neun neun neun.«

Giuliano winkte ab und kehrte zum Fenster zurück. Der große, rötliche Ball der Sonne Tara stand immer noch genau über der Dachkante des leeren Hauses auf der gegenüberliegenden Straßenseite. Der Tag auf Filchner war fast fünfzig Stunden lang. Es war jetzt knapp neun Uhr nachmittags – oder vierunddreißig Uhr Filchner-Zeit. Die Sonne würde erst in vier Stunden untergehen.

Weiter oben an der Straße erhob sich eine Staubwolke. Giuliano beugte sich nach vorn, um besser sehen zu können. Der Staub wurde von einem Rollgleiter aufgewirbelt, der mit halsbrecherischer Geschwindigkeit die Straße herunterkam. Vier Leute saßen in dem Fahrzeug.

»Meech, wir bekommen Besuch«, sagte Giuliano. »Doc Lorran hat fast die ganze Stadt zusammengetrommelt.«

Die Begrüßung vollzog sich in einer Atmosphäre, die von Verwunderung, Mißtrauen und ein bißchen ehrlicher Freude durchsetzt war. Von der überwältigenden Begeisterung, die Doc Lorran versprochen hatte, war nichts zu fühlen. Die Besucher hatten es sich in den Sesseln des Wohnzimmers bequem gemacht, während Hannigan aus einer Flasche, die Lorran mitgebracht hatte, in Gläser einschenkte, die von Doreen Baerman zur Verfügung gestellt worden waren. Eine lebhafte Unterhaltung war in Gang gekommen. Giuliano hatte Zeit, während er Dutzende von Fragen beantwortete, die Bewohner von Rivertown genau zu studieren.

Pete und Doreen Baerman waren das einzige Ehepaar. Pete war ein stämmiger, braunhaariger Mann von ungefähr dreißig Jahren. Er wirkte anspruchslos, ein Durchschnittsbürger, dessen Bewerbung das Siedlungsamt angenommen hatte, weil er über eine verläßliche Gesundheit und ausreichende technische Kenntnisse verfügte. Doreen war blond und hübsch, Mitte zwanzig, sicherlich keine geistige Leuchte, aber gewandt im

Umgang mit Menschen und mit einer Figur, der man ansehen konnte, daß sie in fünf oder sechs Jahren die idealen Schönheitsmaße weit hinter sich gelassen haben würde.

Kalep mit dem nichtssagenden Vornamen Joe war eine Figur, die aus dem Witzblatt geschnitten schien. Kalep war höchstens einen Meter sechzig groß und hatte eine Art, seine Schultern nach vorn zu drücken, als wäre er immerwährend dabei, das Gleichgewicht zu verlieren. Er hatte eine Knollennase so groß wie eine Kinderfaust, einen schiefen, dünnlippigen Mund, der ununterbrochen zu grinsen schien, zwei listige Äuglein von beeindruckender Beweglichkeit und ein Gefilz aus schmutziggrauem Haar, das seit einem Jahr weder Schere noch Kamm gesehen hatte. Kaleps Alter war schwer zu schätzen, aber er schien mindestens vierzig zu sein, und Giuliano fragte sich, was für Qualifikationen er besitzen mochte, die das Siedlungsamt veranlaßt hatten, ihn nach Filchner zu schicken.

Der letzte in der Runde war Ely Lorran, behäbig und die gewaltige Masse seines Körpers mit Fett und Muskeln zu gleichen Teilen bestreitend. Ohne sich in Rivertown auszukennen, mußte jedem sofort klar sein, daß Doc Lorran hier die leitende Rolle spielte.

Darrel Sifter, das fünfte Mitglied der Kolonie, war von seinem Flug zur Westhälfte des Kontinents noch nicht zurückgekehrt.

Meech war mit dem Einschenken fertig. Doc Lorran nahm sein Glas zur Hand und hob es.

»Wir trinken auf die glückliche Ankunft unserer beiden Besucher«, rief er mit tiefer Stimme. »Ihr Pech ist unser Glück, denn Rivertown hat die Abwechslung so nötig wie der Baum die Blätter.«

Alle tranken. Das Getränk war synthetischer Whisky. Das heißt, es mußte synthetischer Whisky sein. Er schmeckte wie der beste echte, den Giuliano je getrunken hatte, aber es stand fest, daß sich unter den Gütern, die die Siedler mit nach Filchner brachten, kein alkoholisches Getränk befunden hatte.

Giuliano hatte eine passende Erwiderung des Trinkspruchs auf der Zunge, als Pete Baerman sich ihm plötzlich zuwandte und fragte:

»Was ist eigentlich ein Surveyor-Team?«

»Eine Gruppe aus zwei bis vier Mann«, antwortete Giuliano und verfluchte Petes Neugierde, »die mit einem kleineren Raumfahrzeug in einem gewöhnlich eng begrenzten Raumsektor arbeitet und astrophysikalische Daten über die Himmelskörper in diesem Sektor sammelt.«

»Aha«, machte Pete, und es war deutlich, daß ihm die Antwort überhaupt nichts sagte.

»Mister Giuliano«, begann Doreen, dann fing sie an zu lachen und wischte mit der Hand durch die Luft. »Das klingt so steif. Wie ist eigentlich Ihr Vorname?«

Giuliano verkrampfte die Hände. Wie leicht es doch war, solch kleine Dinge zu übersehen!

»Julian«, antwortete er nach kurzem Zögern.

Doreen war begeistert.

»Julian Giuliano!« rief sie lachend. »Also, Julian ...«, verwirrt sah sie sich um, »... was wollte ich eigentlich sagen?«

Durch ihr Zögern kam Kalep zum Zug.

»Sie hatten einen Triebwerksdefekt?« erkundigte er sich.

Seine Stimme hatte einen hellen, trompetenartigen Klang, der seine ganze Erscheinung noch komischer machte. Julian biß sich auf die Lippen.

»Nein«, antwortete er knapp.

Kalep sah ihn verwundert an.

»Was sonst?« fragte er unverblümt.

»Gar nichts. Wir sind einfach hier gelandet.«

Im Hintergrund erhob sich Meech.

»Vielleicht wünscht jemand noch etwas zu trinken?« fragte er laut.

Niemand achtete auf ihn.

»Aber Sie sagten doch«, protestierte Doc Lorran lautstark, »daß Sie ...«

Julian schüttelte den Kopf.

»Ich sagte gar nichts, erinnern Sie sich? Nichts, außer daß unser Raumschiff irgendwo in den Wäldern des Westkontinents liegt.«

Lorran runzelte die Stirn.

»Ja, das stimmt«, gab er verwundert zu. »Aber was ...«

»Sir, Sie verhalten sich regelwidrig«, rief Meech.

»Ja, ich weiß. Aber bevor ich mir selbst wie ein Geisteskranker vorkomme, lasse ich lieber die Regeln außer acht.«

Pete Baerman sprang plötzlich in die Höhe. Den Arm ausgestreckt und mit dem Finger auf Julian weisend, schrie er:

»Ich erkenne ihn jetzt! Die ganze Zeit über kam er mir bekannt vor. Ich habe sein Bild Dutzende von Malen in den Zeitungen oder auf dem Bildschirm gesehen. Er gibt zu, daß er Julian mit Vornamen heißt. Der Nachname ist jedoch falsch. In Wirklichkeit ist er Julian Tifflor, Marschall der Flotte des Imperiums.«

Julian hob das Glas zum Mund und trank es aus. Ringsum war es plötzlich still geworden. Pete stand noch immer da und reckte ihm den Arm in pathetischer Geste entgegen.

Meech setzte sich wieder hin.

»Ist das wahr?« fragte Lorran heiser.

Julian nickte. »Ja, das ist wahr.«

Doreen schlug klatschend die Hände zusammen.

»Wie aufregend«, rief sie. »Ein echter Marschall hier auf Filchner.«

»Fragt sich eben«, trompetete Kalep, *»warum?«*

Julian sah ihn an.

»Sie haben ein Recht, das zu fragen«, gestand er. »Aber bevor ich Ihnen meine Aufgabe erläuterte, möchte ich Ihnen ein paar Fragen stellen.« Und ohne auf die Reaktion zu warten, fuhr er fort: »Einem von Ihnen obliegt es, regelmäßige astronomische Beobachtungen anzustellen. Wer ist das?«

Pete hob zögernd die Hand.

»Ich«, antwortete er ohne jegliche Begeisterung.

»In welchen Abständen betätigen Sie sich am Teleskop?«

Pete zuckte mit den Schultern.

»Du liebe Güte, so alle vier Wochen mal«, murmelte er. »Am Anfang natürlich öfter, aber nachdem wir alles fotografiert hatten, hatte es nicht mehr viel Sinn, sich jeden Abend ans Okular zu klemmen.«

Julian ließ nicht locker.

»Ich muß das ein wenig genauer wissen. An welchem Tag stellten Sie zum letztenmal Beobachtungen an?«

Pete sah zur Decke hinauf und dachte angestrengt nach.

»Warten Sie ... das war ... vor vierzig Tagen ungefähr.«

Er sah Julian schuldbewußt an.

»Merkwürdig, wie lange hierzulande vier Wochen dauern«, spottete Julian und wurde gleich darauf wieder ernst.

»Ich bitte Sie, heute abend, sofort nach Einbruch der Dunkelheit, das Teleskop in Betrieb zu setzen und den nordöstlichen Nachthimmel zu beobachten. Wir alle werden dabei sein. Ich möchte, daß jeder von Ihnen einen Blick durchs Okular wirft.«

Ein Sekunde lang herrschte erstauntes Schweigen. Dann begannen alle zur gleichen Zeit zu reden. Julian stand auf und schwenkte die Arme.

»Warten Sie ab!« rief er. »Ich kann im Augenblick noch nichts sagen. Meine Anwesenheit alleine sollte Beweis genug dafür sein, daß es sich um eine Angelegenheit handelt, der man in Terrania erhebliche Bedeutung beimißt. Wenn Sie sich noch vier Stunden gedulden, werden Sie alles erfahren.«

Er war nicht sicher, ob er die Siedler damit hätte beruhigen können, aber glücklicherweise ereignete sich etwas, das ihn wenigstens für den Augenblick aller neugierigen Fragen enthob. Ein rauschendes, fauchendes Geräusch erfüllte plötzlich die Luft. Wie elektrisiert sprangen die Leute von ihren Sesseln und rannten zur Tür.

»Das ist Sifter«, kreischte Doreen. »Er muß sofort wissen, was passiert ist.«

Julian warf einen Blick durchs Fenster. Eine kleine Maschine mit Deltaflügeln schoß in geringer Höhe über die Siedlung dahin. Weit im Süden beschrieb sie eine scharfe Wendung und kam zurück, ständig an Höhe verlierend. Hinter dem Dach des gegenüberliegenden Hauses verlor Julian sie aus der Sicht. Sekunden später verstummte das Motorengeräusch. Sifter war gelandet.

Doc Lorran stand noch unter der Tür, während die andern schon in den Rollgleiter stiegen.

»Ich dachte mir, Sie wollten vielleicht mitkommen«, sagte er ein wenig verlegen.

Julian nickte.

»Keine schlechte Idee, Doc. Meech – los, wir gehen!«

Eine Minute später hatte Doc Lorran das Fahrzeug schon zwischen den Häusern des südlichen Straßenrands hindurchgesteuert und ließ es auf das provisorische Landefeld zuschießen. Sifters Deltamaschine stand hundert Meter hinter dem nördlichen Ende des mit Betonplastik übergossenen Streifens. Aus der Triebwerksdüse erhob sich leichtes Flimmern. Sifter kletterte eben aus der Kanzel. Er zog etwas hinter sich her.

»Verdammt«, knurrte Kalep, »er hat einen Arek mitgebracht.«

Hinter Sifter bewegte sich eine merkwürdig gekrümmte Gestalt, die wie betrunken hin- und hertorkelte. Sifter sprang von der Tragfläche herunter. Der Arek schien zu zögern. Sifter packte ihn am Fuß und zog. Der Arek stürzte vornüber und fiel mit dem Bauch auf den Boden. Dann rührte er sich nicht mehr.

Doc Lorran zog den Gleiter in eine scharfe Kurve und hielt unter dem Bug des Flugzeugs. Alle stiegen aus. Sifter stand über den Körper des Arek gebeugt und schenkte seiner Umgebung keinerlei Aufmerksamkeit. Lorran klopfte ihm auf die Schulter.

»Wir wissen noch was viel Interessanteres, Sifter«, sagte er ruhig.

Sifter richtete sich auf. Julian folgte der Bewegung mit fassungslosem Staunen. Der Mann schien sich wie eine Ziehharmonika auseinanderzuziehen. Er wuchs und wuchs, während er sich streckte, und als er schließlich aufrecht stand, maß er wenigstens zwei Meter zehn und war dabei so hager und dürr, daß man Angst bekam, er bräche in der Mitte auseinander. Sein langes, schmales Gesicht mit der weit hervorspringenden Nase wirkte intelligent und besorgt zugleich. Er sah Doc Lorran an und antwortete ärgerlich:

»Was heißt hier interessant, Doc? Ich habe keine besonders guten Nachrichten. Den Arek fand ich draußen auf der Algier-Ebene. Ich flog ziemlich dicht darüber hinweg und sah ihn hilflos umhertorkeln. Ich landete und nahm ihn auf. Er ist nicht bei Verstand. Ich brachte ihn hierher, damit Sie sich um ihn kümmern.«

Julian begriff. Die größte Sorge einer Kolonie auf einem von Eingeborenen bewohnten Planeten war, daß unter den Eingeborenen eine Seuche aufkam. In neunundneunzig von hundert Fällen würde es sich um eine Krankheit handeln, von der die Männer des Experimentalkommandos nichts gewußt hatten, weil sie nur in langen Abständen auftrat. Und wovon das Experimentalkommando nichts wußte, dagegen besaßen die Siedler kein Mittel. Nichts konnte einer jungen Kolonie so gefährlich werden wie eine unbekannte Seuche unter den Eingeborenen.

»Ich werde ihn mir ansehen«, versprach Doc Lorran. »Mittlerweile möchten Sie vielleicht ...«

Er unterbrach sich mitten im Satz. Der Arek, der scheinbar bewußtlos auf dem Boden gelegen hatte, erhob sich plötzlich. Er war ein schlanker, hochgewachsener Mann, völlig nackt und von eigenartiger grünlichschwarzer Hautfarbe. Seine Gesichtszüge erinnerten an die eines Polynesiers. Den Schädel bedeckte eine Fülle leicht gekräuselten schwarzen Haares. Die großen Augen, jetzt zu Schlitzen zusammengekniffen, starrten in die Ferne.

Sifter rief ein Wort, das Julian nicht verstand. Der Arek reagierte nicht darauf. Eine Zeitlang stand er reglos, dann setzte er sich in Bewegung und vollführte mit unsicheren Schritten und schwingenden Armen eine Art Tanz. Er fing an zu singen, und während er sang, fiel die Unsicherheit von ihm ab. Seine Bewegungen wurden zielbewußter. Er hatte keine Schwierigkeit mehr, das Gleichgewicht zu wahren. Seine Stimme wurde kräftiger.

Der Dialekt, dessen er sich bediente, war Julian unbekannt. Er wandte sich an Sifter, der ihm am nächsten stand.

»Verstehen Sie, was er sagt?« erkundigte er sich.

Sifter sah ihn an und riß die Augen auf.

»Wer sind Sie eigentlich?« stieß er hervor.

»Ich glaube, Doc Lorran wollte Ihnen das gerade erklären, als der Arek anfing zu tanzen. Lassen wir das im Augenblick. Was singt der Mann?«

Sifter sah wieder zu dem Arek hinüber und horchte.

»Hört sich komisch an«, brummte er nach einer Weile. »Er singt: ›Wir, die wir von den Sternen kommen, werden siegen.‹«

2.

Die Kuppelhalle des Observatoriums war nur matt erleuchtet. Pete Baerman saß oben auf der Galerie und justierte das Teleskop. Julian hatte die übrigen in der Nähe des Aufgangs versammelt und wartete darauf, daß Pete ihm das Zeichen gab.

Die Leute waren eingeschüchtert. Wenn sie miteinander sprachen, flüsterten sie. Das beständige Summen der elektronischen Geräte war lauter als ihre Worte. Julian wußte, daß sie über den kranken Arek besorgter waren als über sein plötzliches Erscheinen, obwohl sie sich ausrechnen konnten, daß das Imperium keinen Marschall nach Filchner schickte, wenn nicht ein zwingender Grund vorlag. Aber die Angst vor einer heimtückischen Krankheit, gegen die sie kein Medikament besaßen, lag ihnen im Blut. Das Siedlungsamt hatte ihnen das eingetrichtert. Man konnte ihnen nicht übelnehmen, daß sie sich für die nächtliche Vorstellung im Observatorium kaum interessierten.

Doreen wandte sich an Julian. Mit einem schüchternen Lächeln, das ihr gut stand, flüsterte sie:

»Ich bin ganz durcheinander. Denken Sie, der Arek bedeutet eine Gefahr?«

Julian schüttelte den Kopf.

»Ich glaube es nicht«, antwortete er und dachte dabei an Doc Lorran, der ihm vor ein paar Minuten erklärt hatte, er könne an dem Arek außer seinem Benehmen nichts Ungewöhnliches finden.

Von der Galerie herunter rief Pete:

»Okay, alles eingestellt. Sektor Nordost von zweiundzwanzig bis siebenundsechzig Grad, Höhe null bis ...«

»Ja, schon gut«, rief Julian zurück. »Kommen Sie runter, wir wollen uns das zusammen ansehen!«

Pete kletterte vom Teleskopsitz herab und kam die metallene Stiege heruntergepoltert.

»Dort drüben«, sagte er.

Die kreisförmige Zentralhalle des Observatoriums war von einer Reihe von Räumen umgeben, zumeist astrophysikalischen Laboratorien. Eines der Gelasse war der Bildraum, der mit seinen vielfältigen Geräten eine Projektion des Teleskopbilds auf einen Schirm ermöglichte. Pete Baerman hatte das Teleskop bereits mit dem Projektor gekoppelt. Als die Leute, Julian an der Spitze, den Bildraum betraten, sahen sie vor sich den Nachthimmel des nordöstlichen Sektors.

Der Raum war dunkel bis auf die geringe Lichtmenge, die vom Schirm reflektiert wurde.

»Pete?« rief Julian.

»Hier«, antwortete eine Stimme aus der Dunkelheit.

»Besitzen Sie eine Aufnahme desselben Sektors, die Sie irgendwann früher einmal gemacht haben?«

»Ganz sicher«, antwortete Pete.

»Gut. Finden Sie sie und projizieren Sie sie neben das Teleskopbild.«

Im Hintergrund erhob sich das Rumoren von Schubladen und Fächern. Der schwache Strahl einer kleinen Taschenlampe blitzte auf. Man hörte Pete erleichtert aufatmen, als er das Gewünschte fand. Augenblicke später leuchtete ein kleines Bild neben dem großen. Auf den ersten Blick schien es genau dieselben Einzelheiten zu zeigen wie das große. Selbst Julian Tifflor, der sich auskannte, mußte eine Zeitlang suchen, um die Stelle zu finden, an der sich die beiden Bilder unterschieden.

»Ich will Sie nicht lange auf die Folter spannen«, sagte er laut, und das erregte Geflüster ringsum verstummte. »Meech wird Ihnen zeigen, inwiefern die beiden Bilder sich voneinander unterscheiden. Pete, wann wurde das kleine Bild aufgenommen?«

»Kurz nach der Landung«, rief Pete. »Oktober sechsundachtzig.«

»Gut. Seitdem sind anderthalb Erdjahre vergangen. Das große Bild zeigt den nordöstlichen Himmel, wie er im Augenblick ist. Meech, fang an!«

Zwei nadelfeine Lichtstrahlen zuckten plötzlich durch die Dunkelheit. Einer landete auf dem kleinen, der andere auf dem großen Bild, beide etwa in der Mitte zwischen zwei hellen Sternen, von denen der eine bläulich, der andere rötlich leuchtete. Auf dem kleinen Bild war der Zwischenraum leer und schwarz, auf dem großen zeigte sich zwischen den Sternen ein verwaschener, nebelartiger Lichtfleck.

Pete schrie auf. Das Blut des Astronomen meldete sich.

»Ein Nebel!« gellte sein Schrei. »Ein neuer Nebel, welche Entdeckung!«

Julian spürte einen Ellbogen in der Seite.

»Wie kommt er dahin?« fragte Doreen leise.

»Das möchten wir alle gern wissen«, antwortete Julian flüsternd.

Plötzlich flammte die Beleuchtung auf. Pete hatte sie eingeschaltet. Er stand in der Nähe der Tür und sah aus, als wäre ihm der Leibhaftige über den Weg gelaufen.

»Wie kann das geschehen?« rief er verwirrt und sah zuerst Doc Lorran, dann Julian an. »Jedesmal, wenn ich hierherkomme, mache ich einen Schablonenversuch, und noch nie wurde eine Diskrepanz gefunden.«

»Vielleicht«, riet Julian, »könnten Sie uns erklären, was Sie unter einem Schablonenversuch verstehen. Die Sache wird dann klarer.«

Pete deutete auf das kleinere der beiden Bilder, die trotz der hellen Beleuchtung noch zu sehen waren.

»Ich machte viele solcher Aufnahmen, von jedem Sektor des Himmels, zu jeder denkbaren Nacht- und Jahreszeit. Ich fertigte Schablonen an und koppelte sie mit dem Teleskop. Einmal in jedem Jahr nehmen die Sterne mit Ausnahme der Planeten wieder genau dieselbe Position ein wie zum selben Augenblick im Vorjahr. Ich ließ das Teleskop durch die Schablone sehen, und wenn es einen Stern entdeckte, der nicht genau da stand, wo er stehen sollte, oder vielleicht einen völlig neuen Stern, dann sollte es Alarm schlagen. Es gab nie Alarm. Als ich zum letztenmal hier war, vor rund vierzig Tagen, benutzte ich ebenfalls eine Schablone. Auf der Schablone ist dieser Nebel dort nicht verzeichnet, das weiß ich. Und trotzdem bekam ich keinen Alarm. Ich … weiß nicht …«

Die Haare zerwühlt, die Augen weit aufgerissen, so starrte er Julian an. Seine Brust hob und senkte sich unter keuchendem Atem. Er stand am Rand eines Nervenzusammenbruchs.

»Das läßt nur einen einzigen Schluß zu, nicht wahr?« fragte Julian sanft.

»Aber welchen?!« schrie Pete.

»Der Nebel war vor vierzig Tagen noch nicht da!«

Ruhig und schwer fielen die Worte in den Raum. Da war keiner, Doreen Baerman vielleicht ausgenommen, der nicht verstand, was sie bedeuteten. Ein Nebel, der groß genug war, daß er über beachtliche Entfernung hinweg wahrgenommen werden konnte, entstand nicht von heute auf morgen – und schon ganz und gar nicht mitten im freien Raum mit seiner unvorstellbar geringen Dichte an interstellarer Materie. Ein interstellarer Nebel, der sich im Laufe von wenigen Tagen entwickelte, war ein Ungeheuer, eine wissenschaftliche Monstrosität. Julian spürte, wie die Männer verzweifelt nach einer Erklärung suchten – gerade so, wie er es getan hatte, als er zum erstenmal von der Sache erfuhr.

»Das Phänomen wird vielleicht ein wenig klarer«, sagte er in die Stille hinein, »wenn wir ein paar zusätzliche Untersuchungen vornehmen. Pete, gibt es hier Geräte, mit denen Geschwindigkeit und Abstand interstellarer Materie gemessen werden können?«

»Ja, natürlich«, antwortete Pete.

»Gut. Dann lassen Sie uns das tun.«

Pete führte sie in einen anderen Raum. Er bewegte sich mit der geistesabwesenden Sicherheit eines Schlafwandlers. Der andere Raum besaß ebenfalls Vorrichtungen zur Aufnahme des Teleskopbildes. Pete stellte die Projektion her und machte sich dann an einem Gerät zu schaffen, das im Hintergrund des Raumes stand und wie ein altes Elektronenmikroskop aussah.

»Zunächst die Entfernung«, erklärte er, während er ein paar Einstellungen vornahm. »Das Objekt ist zur Triangulation geeignet.«

Julian war beeindruckt. Zur Triangulation waren Meßgeräte erforderlich, die an drei möglichst weit voneinander entfernten Punkten der Planetenoberfläche aufgestellt waren. Aus den Unterschieden der Winkel, unter denen die Geräte das anzumessende Objekt sahen, ließ sich dessen Entfernung bestimmen. Pete Baerman mußte zur Zeit der Landung ein eifriger Mann gewesen sein. Er hatte die Mühe nicht gescheut, die Meßgeräte an entlegenen Orten des Planeten zu installieren und sie mit dem Observatorium zu verbinden.

»Abstand rund drei Komma acht Lichtjahre«, sagte er, ohne die Augen vom Okular des Instruments zu nehmen. »Jetzt die Geschwindigkeit. Ich benutze die Hyperwellen-Reflextechnik.«

Das Prinzip war dasselbe wie das der Geschwindigkeitsmessung durch Radar. Nur daß Hyperwellen fast zeitverlustfrei durch den Raum eilten und ihre Frequenzverschiebung ungleich genauer zu messen war als die elektromagnetischer Mikrowellen.

Zwei oder drei Minuten vergingen, dann verkündete Pete: »Der Nebel bewegt sich mit einer Geschwindigkeit von rund achttausend Kilometern pro Sekunde relativ zu uns. Der Geschwindigkeitsvektor ist genau auf uns gerichtet.«

In seiner Stimme schwang Verwunderung und Besorgnis. Die Meßergebnisse beseitigten auch den letzten Zweifel daran, daß es sich um eine Art Wunder handeln müsse. Hätte sich der Nebel mit hochrelativistischer Geschwindigkeit bewegt – also etwa so schnell wie das Licht –, dann wäre mit Hängen und Würgen vielleicht zu erklären gewesen, warum ihn das Teleskop vor vierzig Tagen noch nicht hatte sehen können. Aber er kam in jeder Sekunde nur um achttausend Kilometer näher, in den vierzig Filchner-Tagen seit Petes letzter Beobachtung hatte er also nicht mehr als sechzig Milliarden Kilometer zurückgelegt. Für das Teleskop aber machte es keinen Unterschied, ob ein Objekt 3,8 Lichtjahre oder 3,8 Lichtjahre plus sechzig Milliarden Kilometer entfernt war.

Julian sah ostentativ auf die Uhr, so daß jeder es bemerkte.

»Ich habe jetzt neununddreißig Uhr achtzehn Minuten Ortszeit. Pete, wir wollen die beiden Messungen in einer halben Stunde noch einmal wiederholen. Einverstanden?«

»Was auch immer Sie sagen«, murmelte Pete niedergeschlagen.

»Und noch etwas, Pete. Sie können Ihre Instrumente wenigstens bis auf die vierte Dezimalstelle ablesen. Geben Sie mir bitte die genaue Entfernung des Nebels.«

Pete kehrte verdrossen an das Gerät zurück. Rechts an der Wand hing eine kleine Tafel, auf der sich rasche Notizen machen ließen. Ein paar Stücke Kreide lagen unordentlich auf dem Tafelbrett.

Julian nahm eines davon zur Hand.

»Drei Komma acht null eins vier Lichtjahre«, sagte Pete.

Julian schrieb die Zahl auf die Tafel. Dann trat er zurück. Die Ziffern starrten ihn herausfordernd an.

Doc Lorran trat auf ihn zu.

»Was hat das alles zu bedeuten?« fragte er leise, als hätte er Angst, die anderen durch seine Frage zu erschrecken.

»Warten Sie noch eine halbe Stunde«, riet ihm Julian, »und Sie werden genauso viel wissen wie ich.«

Ohne daß er es bemerkt hatte, war Pete herangekommen und hatte seine Antwort gehört.

»Warum tun Sie so geheimnisvoll?« fragte er unfreundlich. »Wir haben ein Recht zu wissen, was hier vor sich geht.«

Er sprach ziemlich laut. Ärger schwang in seiner Stimme. Kalep und Sifter, die sich leise miteinander unterhalten hatten, sahen erstaunt auf. Doreen trat mit besorgtem Gesicht an Petes Seite und legte ihm die Hand auf die Schulter. Pete zuckte unter der Bewegung zusammen. Meech stand in der Nähe der Tür und betrachtete die Szene völlig ungerührt.

»Was hier vor sich geht«, antwortete Julian gelassen, »weiß in Wirklichkeit niemand. Das einzige, was ich Ihnen sagen könnte, sind die Resultate der Messung, die Sie in einer halben Stunde anstellen werden. Gerade das aber werde ich bleibenlassen. Erstens möchte ich, daß Sie unvoreingenommen an die Sache herangehen, und zweitens sind Sie Manns genug, um eine halbe Stunde der Ungewißheit ohne Schaden zu ertragen.«

Pete hatte eine Erwiderung auf der Zunge. Aber Julian sah, wie die Knöchel scharf aus Doreens Hand traten, als sie den Druck auf seine Schulter verstärkte. Ohne noch ein Wort zu sagen, wandte Pete sich ab und ging mit Doreen weg. Julian sah ihm nach. Er kannte Leute wie Pete. Er kannte auch Leute wie Joe Kalep, und für das, was bevorstand, hätte er sich lieber einen zweiten Joe Kalep als einen Pete Baerman gewünscht.

Er wandte sich an Doc Lorran.

»Wir hatten kaum Zeit, darüber zu sprechen«, begann er. »Was für Untersuchungen haben Sie an dem Arek vorgenommen?«

Lorran hob die Hände und zählte an den Fingern ab:

»Blutprobe, physiologische Merkmale, Reflexvermögen, Gleichgewichtstest ... und, ääh ... das war alles.«

»Und alles war normal? Auch sein Gleichgewichtssinn?«

Lorran nickte.

»Merkwürdig«, murmelte Julian. »Als Sifter ihn aus dem Flugzeug zerrte, konnte er seinen rechten Fuß nicht von dem linken unterscheiden. Das muß sich in der Zwischenzeit gegeben haben.«

Er dachte eine Zeitlang darüber nach. Dann sah er auf und tippte Lorran mit dem Zeigefinger gegen die Brust.

»Wir sind natürlich noch lange nicht fertig«, erklärte er. »Wir brauchen ein Enzephalogramm. Sie kennen natürlich das Gedanken-Grundmuster der Areks?«

»Ja, selbstverständlich.«

»Gut. Das Enzephalogramm muß mit dem Grundmuster verglichen werden. Vielleicht erhalten wir daraus weitere Aufschlüsse. Überhaupt – kennt einer von Ihnen den Mann?«

Lorran drehte sich halb zur Seite.

»Sifter oder Kalep sind die einzigen, die mit den Areks regelmäßigen Kontakt haben.«

Unaufgefordert kamen die beiden Männer herbei. Julian wiederholte seine Frage.

»Ich glaube«, antwortete Sifter nachdenklich, »ich habe ihn schon mal gesehen. Er gehört nicht zu Loggallans Gruppe, dessen bin ich sicher.« Er sah Julian an und erklärte: »Das ist eine Horde von etwa achtzig Leuten, die zehn Kilometer südlich von Rivertown lagern. Aber vielleicht gehört er zu Hellimans oder Tiggurrans Klan.« Ein Gedanke schien ihm zu kommen. »Ganz einfach – wir fliegen hin und fragen die Leute. Jemand muß ihn vermissen.«

»Er hat seinen Namen nicht genannt, Doc?« erkundigte sich Julian.

»Vielleicht hat er«, brummte Lorran. »Aber ich verstehe nur zwei Worte von seiner Sprache. Das eine heißt soviel wie ›Guten Tag‹, und das andere ›Medizin‹.«

Julian fragte sich, wie jemand so uninteressiert sein konnte, anderthalb Jahre auf einem von Eingeborenen bevölkerten Planeten zu leben, ohne die Sprache der Ureinwohner zu lernen. Er widerstand der Versuchung, eine Bemerkung darüber zu machen. Er konnte es sich nicht leisten, Doc Lorran zu verbittern.

Er wandte sich an Sifter und Kalep. »Sie beide kennen die Sprache, nicht wahr?«

Beide nickten.

»Sifter beherrscht außerdem noch ein paar südwestliche Dialekte«, sagte Kalep mit seiner hellen Stimme.

»Vorzüglich. Hatten Sie irgendwelche Pläne für die Zeit von jetzt bis fünfundvierzig Uhr?«

Kalep schüttelte den Kopf, und die Knollennase zog sich in die Höhe, als wittere sie Aufregendes.

»Keinen außer zu schlafen«, antwortete Sifter. »Aber das kann ich immer noch nachholen.«

Doc Lorran machte ein erstauntes Gesicht. »Ganz recht, Doc«, lachte Julian ihn an, »wir wollen Sie mit unserer Gegenwart beehren. Der Arek muß so schnell und so gründlich wie möglich untersucht werden. Meech dort kann Ihnen mit den Instrumenten zur Hand gehen, er versteht eine ganze Menge davon. Und von Kalep und Sifter will ich wissen, was der Mann sagt. Einverstanden?«

Eine Sekunde lang machte Lorran ein höchst unglückliches Gesicht. Dann hatte er sich wieder in der Gewalt.

»Natürlich«, antwortete er übertrieben höflich. »Ich stelle eigens für den Zweck eine Flasche kalt.«

Julian grinste spöttisch.

»Es könnte sein, daß uns der Appetit zum Trinken vergeht«, sagte er halblaut.

Er spürte plötzlich, daß Kaleps Blick fragend auf ihm ruhte. Er sah den Knollennasigen auffordernd an.

»Sir, Sie waren eigentlich wegen des Nebels gekommen, den wir dort auf dem Schirm gesehen hatten, nicht wahr?«

Julian wußte, was jetzt kam, und er wünschte voller Inbrunst, Kalep hätte ihm ein paar Stunden mehr Zeit gelassen.

»Ganz richtig«, antwortete er, so ruhig er konnte.

»Plötzlich aber«, fuhr Kalep unbeirrt fort, »interessieren Sie sich für den durchgedrehten Arek. Heißt das, Sir, daß der Arek und der Nebel etwas miteinander zu tun haben?«

Da war's heraus. Julian durchforschte voller Hast sein Bewußtsein nach einer plausibel klingenden Ausrede, aber er konnte keine finden. Er entschloß sich zur Aufrichtigkeit.

»Das läßt sich nicht mit Sicherheit sagen«, gab er zurück. »Aber wenn Sie wissen wollen, was ich glaube, dann heißt die Antwort: Ja, ich glaube, daß das plötzliche Auftauchen des Nebels und der merkwürdige Zustand des Arek miteinander in Zusammenhang stehen.«

Einen Augenblick lang herrschte verblüfftes Schweigen. Dann brach es aus Sifter hervor:

»Warum?«

»Erinnern Sie sich an den Gesang des Arek, den Sie selbst mir übersetzten? ›Wir, die wir von den Sternen kommen, werden siegen.‹ Ich bin über die Psychologie der Areks informiert. Bislang haben sie noch nicht einmal begriffen, daß die Sterne am Nachthimmel andere Sonnen sind, genau wie Tara, nur weiter entfernt. Wie, in allen drei Teufels Namen, käme ein Arek von sich aus auf die Idee zu sagen, er sei von den Sternen gekommen?«

Die halbe Stunde war um. Julian hatte sich noch ein wenig mit Kalep und Stifter unterhalten, während Doc Lorran sich zu Doreen und Pete gesellte. Julian beobachtete Pete, ohne daß er es bemerkte. Es sah aus, als sei es Doreen gelungen, ihn einigermaßen zu beruhigen. Als die Zeit um war, kehrte er ohne weitere Aufforderung an sein Instrument zurück und begann mit der Messung.

Er mochte erregt sein, aber an der Schalttafel des Geräts benahm er sich wie ein Mann, der ganz in seine Aufgabe versunken ist. Er schaltete mit zielsicheren Handbewegungen, beobachtete die Meßskalen mit kritischem Blick und beugte sich schließlich nach vorn, um das Ergebnis abzulesen.

»Zunächst die Geschwindigkeit«, sagte er laut. »Sie beträgt nach wie vor achttausendeinhundertunddreizehn Kilometer pro Sekunde, und der Geschwindigkeitsvektor ist noch immer genau auf Filchner gerichtet.«

Er nahm einige zusätzliche Schaltungen vor. Julian sah, wie er plötzlich innehielt und mit zusammengekniffenen Augen auf eine Skala starrte, als wäre er nicht sicher, daß das, was er sah, richtig sein könne. Mit dem ausgestreckten Zeigefinger die einzelnen Schalter berührend, ging er die ausgeführten Schaltungen noch einmal durch und fand sie anscheinend in Ordnung. Dann las er die Skala ein zweites Mal ab. Er stützte das Kinn in die rechte Hand, und es war ihm anzusehen, daß er fieberhaft rechnete.

»Den Abstand bitte, Pete!« rief Julian.

Meech stand vor der Tafel und hatte die Kreide in der Hand. Pete zuckte mit den Schultern und las mit heiserer Stimme ab:

»Der Abstand beträgt drei Komma sieben neun sieben sechs Lichtjahre.«

Jemand stieß einen schrillen Pfiff aus. Julian drehte sich rasch um. Das war Stifter gewesen. Sein langes, hageres Gesicht war ein einziges Fragezeichen. Niemand außer ihm schien die wahre Bedeutung der Messung erkannt zu haben.

Meech hatte inzwischen die neue Zahl an die Tafel geschrieben. Die beiden Zifferngruppen standen nun untereinander.

3,8014

3,7976

Julian wartete. Irgendwann würde auch den anderen die Ungeheuerlichkeit des Meßergebnisses aufgehen. Pete hatte sein Instrument verlassen und stand vor der Tafel. Er fuhr sich mit einer verlegenen Geste durch die Haare. Dann drehte er sich um, das Gesicht eine Grimasse der Hilflosigkeit wie vorhin, als er den Nebel entdeckt hatte.

»Das ... das ist unmöglich!«

Er flüsterte nur, und seine Stimme war heiser. Trotzdem standen die Worte wie ein schriller Hilfeschrei im Raum.

»Ich verstehe das nicht«, sagte Doreen. »Was ist da so Besonderes dran?«

Kalep stöhnte dumpf. Auch Doc Lorran schien allmählich zu begreifen, worum es ging. Die gesunde Bräune seines breitflächigen Gesichts wich einem fahlen Grau, als er die Erkenntnis in sich aufnahm und ihm der Schreck in die Glieder fuhr.

Plötzlich begann Meech zu sprechen. Er hatte eine aufreizende Gewohnheit, selbst in der kritischsten Lage mit einem Tonfall zu reden, als läse er einen Wetterbericht vor. Das entsprach seiner Natur. Er konnte auch anders, aber nur, wenn sein Gewissen es ihm befahl.

»Zwischen den beiden Messungen besteht ein Unterschied von rund achtunddreißig Milliarden Kilometern. Die zeitliche Differenz zwischen den Messungen beträgt eine halbe Stunde, also etwa achtzehnhundert Sekunden. Der Nebel hat sich in achtzehnhundert Sekunden um achtunddreißig Milliarden Kilometer fortbewegt. Das entspricht einer Geschwindigkeit von etwa einundzwanzig Millionen Kilometern pro Sekunde.« Niemand außer Julian fiel auf, daß er die Zahl ohne das geringste Zögern herunterrasselte, als hätte er sie auswendig gelernt, so daß er sie nicht auszurechnen brauchte. »Ganz abgesehen davon, daß ein optisch wahrnehmbares Objekt sich mit nicht größerer als der Geschwindigkeit des Lichts bewegen kann und daß der merkwürdige Nebel diese Grenze um das Siebzigfache überschreitet – ganz abgesehen davon haben wir in zwei miteinander übereinstimmenden Messungen die Geschwindigkeit des Nebels zu achttausend Kilometern pro Sekunde bestimmt.«

Er schwieg, und jedermann sonst schwieg auch.

Sifter, der den Sachverhalt als erster begriffen und daher am längsten Zeit gehabt hatte, sich von dem Schock zu erholen, meldete sich nach mehr als zwei Minuten als erster zu Wort.

»Wie kann man das erklären, Sir?«

»Ich versuche seit vier Tagen«, antwortete Julian, »eine Erklärung zu finden. Man kann an vielerlei denken. Zum Beispiel daran, daß eine der beiden Messungen – entweder Geschwindigkeit oder Abstand – ein falsches Ergebnis liefert. Die Abstandsmessung folgt einem jahrtausendealten rein mechanischen und daher verläßlichen Prinzip. Sextanten sind unkomplizierte Geräte und lügen nicht. Wenn sie sagen, der Nebel ist uns jetzt um achtunddreißig Milliarden Kilometer näher als vor einer halben Stunde, dann müssen wir das hinnehmen. Die Geschwindigkeitsmessung könnte falsch sein. Es gibt mancherlei Effekte, die die Reflektierung von Hyperwellen beeinflussen. Wenn wir das aber annehmen, dann stehen wir vor der Frage, wie ein ohne Zweifel materielles, deutlich sichtbares Objekt im Einstein-Universum sich mit dem Siebzigfachen der Lichtgeschwindigkeit bewegen kann.« Er zuckte mit den Schultern und breitete die Arme aus. »Wenn Sie mich fragen – ich weiß die Antwort nicht. Ich habe eine schwache Vermutung, daß beide Messungen richtig sind und wir nach einem bis jetzt unbemerkten Effekt suchen müssen. Lassen Sie mich diesen Verdacht noch ein wenig für mich behalten, ich muß noch ein bißchen daran herumarbeiten.« Er sah die Leute der Reihe nach an und schenkte ihnen ein freundliches Lächeln. Dann wurde sein jungenhaftes Gesicht plötzlich ernst. »Über eines allerdings«, fuhr er mit harter Stimme fort, »müssen wir uns jetzt schon im klaren sein. Der Nebel gehört nicht zu der Sorte von Himmelskörpern, die wir kennen. Einiges an ihm widerspricht unseren Naturgesetzen. Und er bewegt sich geradewegs auf Filchner zu. Er kann Gefahr bedeuten. Ich wiederhole: er *kann* – er muß nicht. Aber es ist besser, vorsichtig zu sein und mit dem Schlimmsten zu rechnen. Wenn der Nebel seine Geschwindigkeit beibehält, wird er Filchner in fünfhundert Stunden erreicht haben. Noch lange, bevor er so weit kommt, werden Meech und ich ihm mit unserem Fahrzeug entgegenfliegen und Untersuchungen an Ort und Stelle durchführen. Bis dahin brauchen wir hier im Observatorium einen ständigen Posten, der den Nebel im Auge behält. Wir müssen zu jeder Sekunde wissen, was da draußen vor sich geht, ob der Nebel den Kurs beibehält oder ihn ändert, ob seine Geschwindigkeit gleich bleibt oder nicht und was für physikalische Eigentümlichkeiten er aufweist.« Er wandte sich an Pete. »Sie sind der Astronom. Ich überlasse es Ihnen, einen Wachplan aufzustellen. Schließen Sie Meech und mich darin ein.«

Pete nickte. Über dem Schock der Entdeckung schien er seinen Ärger vergessen zu haben.

»Gehen Sie jetzt nach Hause«, riet Julian. »Im Augenblick können wir nichts tun. Zu ihrer Beruhigung kann ich Ihnen versichern, daß das Imperium über die merkwürdigen Vorgänge Bescheid weiß und nicht zögern wird, Filchner im Augenblick der Gefahr zu Hilfe zu eilen.«

Er nickte ihnen zu, dann drehte er sich um und schritt hinaus, von Meech gefolgt.

»Ich wollte«, sagte er halblaut zu sich selbst, »wir hätten mehr Zeit!«

3.

Er nahm einen kurzen Imbiß zu sich, bei dem Meech ihm zuschaute. Um vierundvierzig Uhr dreißig waren sie bei Doc Lorran verabredet. Sie hatten noch zwanzig Minuten Zeit. Julian gönnte sich einen kräftigen Schluck aus der Flasche, die Lorran bei dem hastigen Aufbruch nach Sifters Landung mitzunehmen vergessen hatte. Er war ihm dankbar dafür. Er war aufgeregt und brauchte eine Beruhigung. Seine Sorge galt nicht so sehr dem Nebel und seinem unerklärlichen Verhalten wie den Leuten auf Filchner. In zehn planetarischen Tagen würde eine Katastrophe über sie hereinbrechen, wie sie sie selbst in ihren schwersten Alpträumen sich nicht hätten ausdenken können. Das Imperium erwartete von ihnen, daß sie trotzdem den Kopf oben behielten und sich vernünftig benahmen. Julian zweifelte nicht an Sifters oder Kaleps Fähigkeit, in der Gefahr ihren Mann zu stehen, aber schon bei Doc Lorran war er seiner Sache nicht mehr so sicher, und Pete und Doreen Baerman würden ganz bestimmt den Kopf verlieren und davonlaufen, sobald das erste Zeichen von Gefahr erschien.

Mißmutig beendete er sein Abendessen und warf Meech einen ärgerlichen Blick zu.

»Ich wollte, du fändest etwas zu tun, anstatt mir andauernd auf den Teller zu starren«, fuhr er ihn an.

Meech verzog das Gesicht zu einem freundlichen Grinsen. »Tut mir leid, Sir. Ich wußte nicht, daß Sie das stört.«

Julian warf Teller und Besteck in den Disposer. Die Maschine kam mit hellem Surren in Gang. Das Geräusch erfüllte die kleine Wohnküche bis in den hintersten Winkel. Julian fühlte sich irritiert, bis er bemerkte, daß es nicht das Surren des Disposers war, das ihn störte. Ein zweites Geräusch hatte sich dazugemischt. Es kam vom Videophon im Wohnzimmer.

Er lief hinaus und hob den Hörer ab. Der kleine Bildschirm flammte auf und zeigte Doreen Baerman. Sie wirkte schuldbewußt und kokett zugleich.

»Ich mußte Sie unbedingt anrufen, Marschall«, sagte sie und bediente sich dabei eines halb flüsternden, halb beschwörenden Tons, der Julian mißfiel. »Pete hat vorhin die Beherrschung verloren. Er ist mit den Nerven herunter. Zuviel Belastung in der letzten Zeit. Ich wollte mich für ihn entschuldigen.«

Julian war nicht klar, woher bei dem geruhsamen Leben auf Filchner soviel Belastung kommen könne, daß Pete Baerman nervöse Beschwerden bekam. Aber er wollte nicht unhöflich sein. Er machte eine belanglose Handbewegung und antwortete:

»Das ist gar nicht nötig. Ich habe es nicht ernstgenommen, Doreen. Wo ist Pete?«

»Zu Bett gegangen. Er schläft. Ich habe ihm ein Schlafmittel gegeben.«

Sie lächelte vertraulich und zwinkerte dazu.

»Na, das ist gut«, kommentierte Julian voller Unbehagen. »Am besten ist, Sie legen sich auch hin. Wir haben ein paar arbeitsreiche Tage vor uns.«

»Aber das geht nicht«, protestierte Doreen. »Ich kann nicht schlafen. Pete hat mich als Wache für das Observatorium eingeteilt.«

Mit eisigem Schreck wurde Julian sich seiner Nachlässigkeit bewußt. Er hatte Doc Lorran, Sifter und Kalep zu einer Verabredung bestellt und Pete Baerman zur gleichen Zeit damit beauftragt, das Observatorium ständig besetzt zu halten. Pete hatte wahrscheinlich versucht, Sifter, Kalep oder Lorran für die erste Wache zu gewinnen, aber alle drei hatten einen triftigen Grund abzulehnen. Also blieb Pete nichts anderes übrig, als entweder selbst zu gehen oder Doreen zu schicken. Doreen hatte ihm eine Schlaftablette gegeben, also fiel Pete aus. Julian verfluchte seine Unaufmerksamkeit. Es würde Doreen niemals gelingen, das Teleskop auf den richtigen Punkt einzustellen.

»Ist das nicht lustig?« kicherte Doreen. »Er schickt mich. Dabei habe ich von der Astronomie keine Ahnung.«

Julian nickte zerstreut.

»Sie brauchen Hilfe«, stellte er fest.

»Ich bin froh, daß Sie von selbst daraufkommen«, antwortete Doreen.

Da war ein Unterton in ihrer Stimme, der Julian nicht behagte. Er sah sie an. Ihre Augen waren erwartungsvoll weit geöffnet. Sie starrte ihn an, als hoffe sie, aus seinem Mund die Offenbarung der letzten Wahrheit zu hören.

Julian hatte plötzlich eine Idee und fühlte sich daraufhin so erleichtert, daß er sogar ein freundliches Lächeln zustandebrachte.

»Wissen Sie was? Gehen Sie zum Observatorium und versuchen Sie, das Teleskop einzustellen. Sobald ich kann, schicke ich Ihnen Meech hinüber. Er wird Ihnen behilflich sein.«

Eine Sekunde lang wirkte sie enttäuscht. Dann jedoch besann sie sich eines Besseren und nickte ihm begeistert zu.

»Ja, das ist wunderbar. Vielen Dank für Ihr Entgegenkommen, Marschall. Ich gehe jetzt zum Observatorium. Mister Hannigan soll recht bald kommen.«

Sie blendete aus. Gedankenvoll legte Julian den Hörer auf die Gabel zurück und drehte sich um. Meech Hannigan stand ein paar Schritte hinter ihm und hatte offenbar die ganze Unterhaltung mit angehört.

»Meech«, sagte Julian mit fester Stimme, »unsere Pläne haben sich ein wenig geändert.«

Meech nickte gelassen.

»Ich verstehe, Sir. Manchmal ist Feigheit vor dem Feind nichts weiter als ein geschickter Schachzug der Diplomatie.«

Julian warf ihm einen nachdenklichen Blick zu und enthielt sich jeglicher Bemerkung.

Auf dem Weg zu Doc Lorrans Haus traf er auf Kalep. Sie sagten einander »Guten Abend« und schritten schweigsam nebeneinander her. Der Tag war warm gewesen, und die Nacht schien keine spürbare Abkühlung zu bringen. Julian schätzte die Temperatur auf zweiunddreißig Grad, aber er liebte Wärme und fühlte sich wohl.

Als sie Lorrans Haus erreichten, näherte sich von links her Sifter.

»Pete hat Doreen ins Observatorium geschickt«, sagte er anstelle einer Begrüßung. »Ich möchte wissen, was er sich dabei denkt. Die Frau weiß nicht einmal, an welchem Ende sie ins Fernrohr gucken soll.«

Julian erklärte, er hätte ihr Meech zu Hilfe geschickt.

»Ah so«, entgegnete Sifter verdrossen.

Doc Lorran hatte auf sie gewartet. Er öffnete die Tür und ließ sie ein.

»Wo ist Ihr Begleiter, Sir?« fragte er Julian verwundert.

»Im Observatorium«, antwortete Julian. »Er muß Doreen helfen, den Nebel zu beobachten.«

Lorran fuhr zurück, als traute er seinen Ohren nicht.

»Und wo ist die Flasche?« erkundigte Kalep sich mit heller Stimme.

»Pete hat Doreen ans Teleskop geschickt?« frage Lorran, ohne auf Kalep zu achten.

»Muß wohl, wie?« fragte Julian zurück. »Von selbst wäre sie nie gegangen.«

Kalep wiederholte seine Frage. Diesmal überhörte Lorran sie nicht. Er schien froh zu sein, einen Augenblick verschwinden zu können. Julian hörte ihn in der Wohnküche rumoren. Als er zurückkam, schwenkte er eine Flasche Wein, die von der Luftfeuchtigkeit rasch beschlug. Die Flasche trug kein Etikett. Der Wein war synthetisch hergestellt. Was Julian beeindruckte, war das tiefe Empfinden für Stil, das die Filchnerianer veranlaßt hatte, den Wein in eine altmodische Glasflasche abzufüllen, die sie ebenfalls herstellen mußten, anstatt in einen Plastikbehälter, von denen sie Tausende mitgebracht hatten.

Doc Lorran war plötzlich wie ausgewechselt.

»Wir werden wahrscheinlich auch ohne Mister Hannigan fertig«, rief er. »Kommen Sie hier herein! Der Arek ist fertig zur Untersuchung, aber zuvor wollen wir uns einen Schluck genehmigen.«

Er führte sie in die Ordination. Julian war abermals beeindruckt. Das Ordinationszimmer unterschied sich in keiner Weise von dem eines wohletablierten irdischen Arztes. Der Raum war gut und gerne fünfzig Quadratmeter groß und enthielt jedes nur denkbare Gerät, das man in einer Arztpraxis zu sehen erwartete.

Der Arek lag angeschnallt auf einer mit Rollen versehenen Liege. Er war entweder bewußtlos, oder Lorran hatte ihm ein starkes Beruhigungsmittel verabreicht. Lorran wies mit der Flasche in der Hand auf seinen nackten Patienten und bemerkte:

»Er schläft. Ich habe ihm eine Pille gegeben, aber ich glaube, er wäre ohnehin eingeschlafen. Machte einen ziemlich müden Eindruck.«

Er öffnete die Flasche. Inzwischen hatte Sifter sich mit untergeschlagenen Beinen auf den Boden gehockt und Kalep in einem Zahnarztstuhl Platz genommen. Julian sah sich um, fand jedoch keine passende Sitzgelegenheit und entschloß sich, stehenzubleiben. Lorran nahm vier Bechergläser aus einem Wandschrank, reichte sie herum und schenkte ein. Der Wein war dunkel und schwer und schmeckte ebenso vorzüglich wie Einundachtziger Côte du Rhône. Julian nahm einen kräftigen Schluck und begann an der Richtigkeit seiner privaten Philosophie zu zweifeln, wonach Natürliches besser war als Künstliches.

Lorran lenkte seine Gedanken zurück zur Tagesordnung.

»Nicht, daß ich euch ...«, er unterbrach sich und warf Julian einen Blick zu, »... nicht, daß ich Sie vom Trinken abhalten wollte. Aber ich bin entsetzlich neugierig, was das Enzephalogramm zeigen wird. Wenn wir die Gläser vielleicht für eine Weile beiseite setzen könnten, dann ...«

Sifter erhob sich und ließ seinen Becher auf dem Boden stehen. Kalep glitt aus dem Zahnarztstuhl, nachdem er sich vergewissert hatte, daß sein Gefäß im Spülbecken sicher stand. Julian leerte seinen Becher mit einem kräftigen Zug und stellte ihn ebenfalls auf den Boden.

»Vorzüglich«, lobte Lorran mit strahlendem Lächeln. »Nun also – wir haben hier ...«, er durchquerte mit ein paar langen, behenden Schritten, die seinem massigen Körper so rasch niemand zugetraut hätte, den Raum und blieb vor einem hüfthohen Schaltpult stehen, »... haben hier die Bedienungsanlage des Enzephalographen mitsamt der Mattscheibe, die das Enzephalogramm wiedergeben wird. Ich habe das grundlegende Enzephalogramm der Arek-Wesen bereits eingeschoben. Es wird erscheinen, sobald wir das Gerät einschalten. Darüber blenden wir das Enzephalogramm des Patienten, so daß die beiden Aufzeichnungen leicht miteinander verglichen werden können. Ich brauche wohl nicht weiter darauf einzugehen, welches die Charakteristiken eines Enzephalogramms sind und was man daraus lesen kann. Wir ...«

»Nein, das brauchen Sie nicht, Doc«, sagte Sifter trocken.

Lorran schluckte.

»Na schön, dann wollen wir anfangen.«

In der Nähe der Liege stand ein kleiner, mit Instrumenten beladener Rolltisch. Lorran schob ihn an die Liege heran. Vorsichtig, so daß der Arek nicht erwachte, preßte er ihm die flexiblen Sonden aus Metallplastik gegen Schläfen und Stirn und vergewisserte sich, daß die Kontakte an den Verstärkern richtig saßen. Julian hatte sich inzwischen vor das Schaltpult gestellt. Lorran sah auf und schien als selbstverständlich anzunehmen, daß Julian das Pult zu bedienen verstand.

»Bitte, schalten Sie ein, Sir!«

Julian legte den Schalter um. Augenblicklich erschien auf dem Bildschirm die gezackte Linie eines Grundenzephalogramms. Die Linie repräsentierte das Ergebnis Dutzender oder gar Hunderter von Messungen, aus denen das, was für die Gehirnausstrahlung der Arek typisch und charakteristisch war, herausgesucht worden war. Jeder Arek, sofern er geistig normal war, produzierte ein Enzephalogramm, dessen Grundstruktur dem auf dem Bildschirm gezeigten gleich oder zumindest ähnlich war. Die Methode war so zuverlässig, daß Enzephalographen auf breitester Basis zur Identifizierung von galaktischen Völkern benutzt wurden.

Sifter und Kalep standen zu beiden Seiten des Pults und taten, als ginge sie die ganze Sache nichts an. Julian dagegen spürte, wie Spannung und Unruhe rasch von ihm Besitz ergriffen. Was das merkwürdige Benehmen des Arek anging, so hatte er seine eigene Theorie, und die nächsten Sekunden mußten zeigen, ob er auf dem richtigen Weg war. Erwies sich sein Verdacht als richtig, dann stand das ganze Imperium vor einem Problem, das es in der Geschichte der Menschheit noch nie gegeben hatte.

»Ich blende jetzt die Elektroden ein, Sir«, sagte Lorran.

Julian hielt unwillkürlich den Atem an. Über das ruhige Bild des Grundenzephalogramms lief ein huschendes Gewirr von Linien, als die Elektroden zu arbeiten begannen. Der Bildschirm flackerte und zuckte, und Julian in seiner Ungeduld kam es vor, als würde sich das Durcheinander nie beruhigen.

Gebannt starrte er auf die Mattscheibe. Das Flimmern beruhigte sich. Die Elektroden hatten sich auf das fremde Gedankenmuster eingestellt, die Anlaufeffekte verschwanden. Das Bild war plötzlich klar und deutlich. Als kräftige schwarze Linie zeichnete sich das Grundmuster ab, dessen Schablone Doc Lorran in den Projektor geschoben hatte, und leuchtend rot stach dagegen das Enzephalogramm des kranken Arek hervor.

Eisig kalt lief es Julian über den Rücken. Sein Verdacht erwies sich als richtig. Das rote Muster besaß nicht die geringste Ähnlichkeit mit dem schwarzen. Wo das schwarze steile Zacken und Grate zeigte, da hatte das rote nur sanfte Hügel und Rundungen. Während das schwarze sich über die Breite der Mattscheibe wenigstens zwanzigmal in die Höhe und nach unten schwang, zeigte das rote nur zwei flache Berge und ein sanftes Tal.

Das war mehr, als Julian erwartet hatte. Er brauchte ein paar Sekunden, um den Schock zu überwinden. Das Enzephalogramm besaß nicht nur keinerlei Ähnlichkeit mit dem Grundmuster der Areks, es war darüber hinaus verschieden von allem, was Julian jemals gesehen hatte. Der Arek war nicht im eigentlichen Sinne krank. Er war besessen. Er dachte nicht. Etwas Fremdes dachte in ihm.

Etwas so unglaublich Fremdes, daß es unmöglich schien, die Gedanken, die sich hinter den roten Linien verbargen, jemals zu erfassen.

Julian bemerkte, daß Doc Lorran hinter ihm stand. Er keuchte vor Aufregung. Julian trat zur Seite. Lorran hatte die Augen weit aufgerissen und starrte fassungslos auf die flache, rote Linie. Auch Sifter und Kalep interessierten sich jetzt für die Aufnahme. Von der Seite her betrachteten sie die Mattscheibe, aber keiner von beiden machte den Eindruck, als verstünde er, was hier vor sich ging.

Lorran erwachte schließlich aus seiner Starre.

»Das ..., das ist einfach ..., einfach unmöglich!« stieß er hervor.

Julian trat zu der Liege und nahm dem Arek die Elektroden ab. Lorran wirbelte herum, als der Bildschirm erlosch.

»Was tun Sie da?« rief er ärgerlich.

Julian zog die Brauen in die Höhe.

»Nicht so hastig, Doktor. Sie sprechen nicht mit Ihrem Sanitäter.«

Lorran war völlig durcheinander, was Julian ihm nicht übelnahm.

»Verzeihung, Sir«, brummte er niedergeschlagen. »Rutschte mir so raus.«

»Schon vergessen. Sagen Sie mir, was Sie von der Aufnahme halten.«

Lorran ließ sein beachtliches Gewicht in den Zahnarztstuhl fallen, den Kalep innegehabt hatte. Gedankenverloren nahm er das Glas aus dem Spülbecken und leerte es in einem Zug.

»Eine einfache Erklärung ist natürlich«, begann er, »daß der Enzephalograph nicht mehr funktioniert.«

Julian lachte bitter.

»Dann versuchen wir's eben mit einer weniger einfachen.«

Lorran blickte ihn an.

»Sie haben Erfahrung mit Enzephalogrammen«, brach es aus ihm hervor. »Glauben Sie, was Sie gesehen haben?«

Julian zuckte mit den Achseln.

»Es bleibt mir nichts anderes übrig.«

Sifter räusperte sich.

»Kalep hier«, sagte er ruhig, »ist ein ausgezeichneter Positroniker, und ich kann ein Flugzeug auseinandernehmen und wieder so zusammenbauen, daß man es als Unterseeboot verwenden kann – aber von dem, was hier vorgeht, hat keiner von uns auch nur ein Wort verstanden. Doc, würden Sie sich die Mühe machen, uns …«

Julian winkte ab, und Sifter schwieg sofort.

»Also gut, Doc. Fangen Sie an«, sagte Julian.

Lorran fuhr sich einleitend mit dem Handrücken über den Mund.

»Das Enzephalogramm weist auf ein völlig fremdartiges Gehirn hin. Es kann unmöglich das Gehirn des Arek sein, dessen Ausstrahlungen wir da gesehen haben. Selbst die schwerstwiegende Geisteskrankheit würde das Grundmuster nicht so stark verändern. Also bleibt uns nur übrig anzunehmen, daß sich … daß sich …«, wie um Hilfe bittend sah er zuerst Sifter, dann Kalep an, und schließlich ging der Zorn über die eigene Hilflosigkeit mit ihm durch, »… daß sich, zum Donnerwetter«, polterte er, »ein fremder Verstand im Schädel des Arek eingenistet hat.«

Sifter und Kalep warfen Julian einen fragenden Blick zu. Julian nickte.

»Wie das geschehen ist«, fuhr Lorran fort, »können wir nicht sagen. Alles, was sich erkennen läßt, ist erstens, daß der fremde Verstand intelligent sein muß – gewisse Einzelheiten des Musters weisen untrüglich darauf hin – und zweitens, daß es sich um eine Intelligenz völlig fremdartigen Aufbaus und unbekannter Denkweise handelt. Mit anderen Worten: Wenn mir aus dem fernsten Sternennebel des Universums, Milliarden Lichtjahre entfernt, von einem winzig kleinen Planeten mit einer Schwefelwasserstoffatmosphäre und einer Schwerkraft von hundert Gravos ein molchartiger Ureinwohner hier begegnete – *dann* würde ich vielleicht erwarten, ein solches Enzephalogramm zu finden.«

Er hatte mit wachsender Erregung gesprochen. Als er schloß, stand ihm der Schweiß auf der Stirn, und seine Augen leuchteten in fiebrigem Glanz.

Sifter und Kalep sahen Lorran eine Zeitlang an. Julian spürte fast körperlich, wie sie sich Mühe gaben, das Gehörte zu verarbeiten, und dann – beide zur gleichen Zeit – auf dieselbe Idee kamen. Sie drehten sich um. Ihre Blicke richteten sich auf Julian. Julian kannte ihre Frage im voraus.

»Nein, ich weiß nichts«, stellte er fest. »Ich habe ein Durcheinander von Informationen, die ohne Zusammenhang zu sein scheinen und nur von einer äußerst lebhaften Phantasie auf einen Nenner gebracht werden könnten.« Er zündete sich eine Zigarette an und fuhr fort: »Nehmen wir zum Beispiel den merkwürdigen Nebel. Sein Auftauchen und die Erkrankung des Arek fallen zeitlich zusammen. Handelt es sich dabei um einen Zufall, oder gibt es einen kausalen Zusammenhang? Nehmen wir an, es *gibt* einen Zusammenhang. Welchen Schluß können wir dann weiterhin ziehen? Daß eine fremde Intelligenz es auf Filchner abgesehen hat. Das Unbekannte, dessen Enzephalogramm wir gesehen haben, könnte ein Scout sein oder so etwas Ähnliches. Die Hauptmacht der Fremden kommt in Form des Nebels auf uns zu.«

Er wischte mit der Hand durch die Luft.

»Man könnte eine Menge Bedenken haben. Zum Beispiel, daß Pete Baerman wirklich nicht auf den Bruchteil einer Winkelsekunde genau sagen kann, ob der Nebel sich auf Filchner oder Tara zubewegt. Darüber brauchen wir uns jedoch nicht den Kopf zu zerbrechen. Bevor ich hierherkam, stellte die Flotte eingehende Untersuchungen an. Der Nebel hat geraden Kurs auf Filchner. Bei gleichbleibender Geschwindigkeit wird er in fast genau zehn Tagen auf diesen Planeten treffen und ihn einhüllen.«

Er machte eine kurze Pause, und die Frage, die er erwartet hatte, kam prompt. Kalep stellte sie.

»Verzeihen Sie, Sir, aber es scheint mir unglaublich, daß sich bei einem so großen Gebilde, wie es ein Nebel sein muß, ein Ziel so genau angeben läßt. Das Ding, das wir im Teleskopbild gesehen haben, muß wenigstens so groß sein wie das ganze Tara-System, sonst könnte es nicht einen so breiten, verwaschenen Fleck ergeben. Wenn das aber stimmt, wenn der Nebel wirklich zwanzig oder dreißig Astronomische Einheiten durchmißt, wie kann man dann mit Gewißheit sagen, daß Filchner und nicht Tara sein Ziel ist?«

Julian hatte ihn ruhig ausreden lassen.

»Sie haben völlig recht, Joe«, antwortete er. »Aber Ihnen fehlt eine wichtige Information. Der Nebel ist nicht so groß, wie Sie annehmen. Der eigentliche Nebel hat die Form einer stark abgeplatteten Kugel mit einem Äquatordurchmesser von nur einhunderttausend Kilometern. Der Poldurchmesser beträgt knapp sechzigtausend. Was wir auf dem Teleskopbild sehen, ist nur das Streulicht des Nebels, das von einem den Nebelkern umhüllenden Feld erzeugt wird. Der Nebelkern besitzt eine unglaubliche Leuchtkraft. Wenn das Hüllfeld nicht wäre, erschiene er uns als der bei weitem hellste Stern des Nachthimmels. Das Feld jedoch entbündelt die Helligkeit und verstreut sie über eine weitere Fläche, so daß wir den verwaschenen Fleck zu sehen bekommen, den Pete uns vorhin zeigte.«

»Dann ist es wohl gar kein Nebel?« fragte Sifter.

Julian lächelte.

»Wir sind nicht näher als bis auf ein halbes Lichtjahr herangekommen«, gab er zu. »Aber selbst unsere empfindlichsten Instrumente konnten innerhalb des Hüllfelds keine feste Materie entdecken. Ich glaube, wir sollten also das Ding nach wie vor als Nebel bezeichnen. Übrigens sind wir ein wenig vom Thema abgekommen. Eine andere Frage drängt sich auf. Nämlich: Woher kommt der Nebel?« Er sah zuerst Sifter, dann Kalep an. Doc Lorran saß immer noch in seinem Zahnarztstuhl und hatte das Gesicht in die Hände vergraben. »Nun, das ist einfach. Wir brauchen nur den Kurs, auf dem sich der Nebel befindet, nach rückwärts zu verlängern. Dabei nehmen wir als selbstverständlich an, daß der Nebel sich stets geradlinig bewegt, aber das ist, in Ermangelung einer besseren, eine durchaus vernünftige Annahme. Wenn wir das tun, dann stoßen wir in knapp achtzig Lichtjahren Entfernung auf die Randgebiete der Humdinger-Ballung.«

»Uuuhh!« machte Sifter aus tiefstem Herzen. Lorran sah überrascht auf.

»Und das«, schloß Julian seine Lektion, »macht uns klar, daß wir auf einiges gefaßt sein müssen.«

»Das walte Lookum!« stimmte Kalep bei.

Julian wollte sich erkundigen, wer Lookum sei, aber bevor er dazu kam, fragte Doc Lorran:

»Entschuldigen Sie meine Unwissenheit – aber *warum* schlägt jeder drei Kreuze, sobald er den Namen Humdinger-Ballung auch nur hört?«

Sifter warf ihm einen verächtlichen Blick zu, als hielte er es für unverzeihlich, daß jemand über die Humdinger-Ballung nicht ausreichend Bescheid wüßte.

»Es handelt sich«, erklärte Julian, »um eine starke Konzentration interstellarer Materie, Wasserstoff und Helium in der Hauptsache. Warum sie sich gerade dort angesammelt hat, wissen wir nicht. Es ist jedoch billig zu vermuten, daß es im Innern der Ballung, die uns auf den Teleskopbildern als breitflächiger Nebel erscheint, ein energiereiches Schwerkraftzentrum gibt, das ungeheure Mengen kosmischer Gase an sich binden kann. Außerdem jedoch muß es im Innern der Ballung noch einiges andere geben. Raumschiffe, die in den Gasnebel vorzudringen versuchten, gerieten in Plasmastürme, die sämtliche Ortungsinstrumente lahmlegten. Es gibt dort außerdem ein starkes Magnetfeld, oder vielmehr ein Dutzend von Magnetfeldern, die unregelmäßig fluktuieren, und zwar mit so gewaltiger Amplitude, daß den Forschungsschiffen praktisch die Niete aus den Hüllen gesogen wurden. Ganz abgesehen davon, daß in den Hüllen Wirbelströme entstanden, die das Schiff aufheizten. Mit wenigen Worten: Ein Vordringen ins Innere der Ballung ist mit unseren heutigen technischen Mitteln noch nicht möglich. Die Ballung bleibt *Terra incognita*, bis wir ein Mittel gefunden haben, Plasmastürme, Magnetfeldschwankungen und ähnliche Dinge unschädlich zu machen.«

Lorran wirkte ratlos.

»Das ist alles recht klar«, sagte er, »und manches davon wußte ich auch. Aber ich begreife immer noch nicht, warum jedermann so entsetzliche Angst vor der Ballung hat.«

»Das läßt sich leicht erklären«, stellte Julian fest. »Humdinger, nach dem die Ballung benannt ist, stellte gegen Ende der vierziger Jahre in den Randgebieten des Gasnebels einige Untersuchungen an. Er ist nicht der Entdecker der Ballung – das muß wohl ein alter Astronom gewesen sein, den die Geschichte längst vergessen hat –, aber er machte eine aufregende Beobachtung. Während er Plasmastürme und Magnetfelder vermaß, fing sein Funker Bruchstücke einer Sendung auf, die geradewegs aus dem Innern des Nebels kam und ganz eindeutig aus modulierten Signalen bestand. Es handelte sich um eine Folge von Hyperimpulsen, denen es irgendwie gelungen war, dem Gewirr von reflektierenden Einflüssen innerhalb der Ballung zu entkommen. Die Modulation bewies, daß es im Innern des Nebels intelligentes Leben gab. Als Humdinger zur Erde zurückkehrte und von seiner Entdeckung berichtete, war die Hölle los. Die Leute auf Terra fühlten sich bedroht. Sie hatten ganz einfach Angst vor dem Unbekannten, das sich in den Tiefen des Nebels verbarg. Es ist unnötig zu sagen, daß die Regierung sich nicht ins Bockshorn jagen ließ. Angst vor einer fremden Zivilisation zu haben, nur weil man sie noch nicht zu Gesicht bekommen hat, gehört nicht zu den Gewohnheiten des Großadministrators.

Es blieb also alles beim alten – wenigstens nach außen hin, und die Öffentlichkeit hatte ihre Sorgen nach wenigen Monaten schon wieder vergessen. Hinter den Kulissen allerdings war man eifrig an der Arbeit. Die Köpfe der Theoretiker rauchten, und die großen Positroniken liefen auf Hochtouren. Man wollte eine Antwort auf die Frage finden: Wenn es im Innern der Humdinger-Ballung intelligentes Leben gibt – wie muß es aussehen?

Man kannte die physikalischen Gegebenheiten in den Randgebieten des Nebels und konnte mit einiger Sicherheit darauf schließen, wie es weiter im Innern aussehen muß. Ein paar Hypothesen über die biologische Struktur der Nebelintelligenzen wurden aufgestellt und harren noch der experimentellen Bestätigung. Etwas anderes aber wurde ziemlich rasch klar: Das unbekannte Nebelvolk mußte eine Technologie besitzen, die sich von der unseren wesentlich unterschied. Die Bedingungen im Innern des Nebels mußten die Entwicklung der Wissenschaften in eine völlig fremdartige Richtung gedrängt haben. Es stand nicht zu erwarten, daß die Humdinger-Intelligenzen uns technisch überlegen waren – wenn man alles in allem nahm –, aber es war durchaus möglich, daß sie auf einigen eng begrenzten Spezialgebieten uns gegenüber einen riesigen Vorsprung hatten. Denken Sie zum Beispiel daran, wie schwierig es sein muß, im Innern eines von Plasma- und Magnetstürmen zerrissenen Gebiets eine drahtlose Nachrichtenverbindung aufrechtzuerhalten. Die

Humdinger hatten es geschafft, das bewies die Sendung, die am Rand des Nebels aufgefangen worden war. Es ist daher nicht unwahrscheinlich, daß die Nebelleute uns auf dem Gebiet der Hyperschwingungstechnik haushoch überlegen sind. Ähnliches mag auf andere Gebiete zutreffen. Wir wissen es nicht. Die Regierung des Imperiums behielt jedenfalls die Ballung scharf im Auge, nachdem ihr die Resultate der theoretischen Untersuchung vorgelegt worden waren. Jahrelang rührte sich nichts, aber plötzlich erschien weit vor dem Rand der Ballung jener winzige Nebel, den wir vorhin gesehen haben. Er war plötzlich da, als sei er aus dem Nichts entstanden. Als die Astronomen ihn zum erstenmal sahen, war er schon acht Lichtjahre vom Rand der Ballung entfernt. Daß er von dort gekommen sein mußte, darauf wies sein Kurs unzweideutig hin. Er bewegte sich geradlinig von dem Gasnebel fort und zeigte von Anfang an dieselben Eigentümlichkeiten, die auch wir heute abend beobachteten. Er war ständig sichtbar und bewegte sich trotzdem mit einer Geschwindigkeit, die weit über der des Lichtes lag. Für dieses Verhalten glauben wir mittlerweile eine Erklärung zu besitzen ... aber das tut im Augenblick nichts zur Sache. Wichtig ist nur, daß jemand schließlich auf die Idee kam, die Flugrichtung des nebelartigen Gebildes nach vorwärts zu verlängern, und dabei stieß er auf das System. Mehr noch. Wenn man annahm, daß der Fremdkörper sich weiterhin mit gleichbleibender Geschwindigkeit bewegen würde, dann konnte man auf Tag und Stunde genau den Augenblick errechnen, an dem er mit Filchner, der sich zu jenem Zeitpunkt an der entsprechenden Stelle seiner Umlaufbahn befand, zusammenstoßen würde.

Man ließ noch ein paar Monate verstreichen. Weder Geschwindigkeit noch Kurs des Nebels änderten sich. Zielsicher strebte er auf Tara und Filchner zu. Man flog den Nebel vorsichtig an und versuchte zu erfahren, woraus er bestand. Aber das gleiche Feld, das die vom Nebelkern ausgehende Helligkeit ringsum verstreut, verbietet auch den Einblick ins Innere – und damit meine ich *jeden* Einblick. Selbst unsere modernsten Ortergeräte versagten kläglich.

Dann schickte man mich nach Filchner. Ich bin hier, um Ihnen klarzumachen, daß das Imperium die Augen offen hat. Sollte der Nebel feindliche Absichten gegen Filchner hegen, dann wird innerhalb kürzester Frist eine zweitausend Einheiten starke Flotte hier auftauchen und den Gegner bekämpfen. Das soll allerdings nicht übereilt geschehen. Man will den Fremden studieren. Man will möglichst viel über seine Technik, seine Denk- und Handlungsweise und seine Absichten erfahren. Dazu bietet sich hier die erste Möglichkeit, nachdem der Unbekannte sich aus dem Schutz seiner Nebelballung hervorgewagt hat.

Aber was auch immer geschieht – seien Sie nicht beunruhigt. Das Imperium wacht.«

Er fühlte, daß sein Mund trocken war. Er nahm sein Becherglas vom Boden auf und hielt es Lorran hin. Lorran war so in Gedanken versunken, daß er eine Zeitlang brauchte, um zu begreifen. Dann sprang er auf und goß den Becher voll. Julian nahm einen tiefen Zug.

Sifter hatte seinen dürren Pferdeschädel ein wenig auf die Seite gelegt und ein Auge zugekniffen. Plötzlich fragte er:

»Sir – bei all den Erwägungen, die das Imperium anstellte, spielte die Entdeckung, die wir heute abend machten, noch keine Rolle, oder doch?«

Er streckte den Arm aus und wies auf den schlafenden Arek.

»Das ist richtig«, antwortete Julian. »Wenn es sich wirklich um das handelt, was wir vermuten – nämlich um einen Vorposten des Fremden, der sich in den Geist des Arek eingeschlichen hat –, dann haben wir es hier mit einem Vorgang zu tun, von dem die Planleitung der Flotte noch keine Ahnung hat. Es ist ein völlig neuer Aspekt.«

Sifter nickte befriedigt. »Wird dieser Aspekt die getroffenen Vorbereitungen beeinflussen, Sir?«

»Ich werde noch heute nacht einen entsprechenden Bericht abgeben«, wich Julian aus, weil er wirklich nicht wußte, welche Tragweite die Entdeckung hatte. »Wenn sich dadurch Änderungen in unserer Taktik ergeben, wird man mich das wissen lassen.«

Sifter war damit zufrieden. Aber inzwischen war Lorran etwas eingefallen.

»Hatten Sie einen besonderen Grund, Sir, sich mit dem Abnehmen der Elektroden so zu beeilen? Sie erinnern sich – als ich Sie unverzeihlicherweise ...«

Julian lachte und winkte ab.

»Ja, verstehe schon. Natürlich hatte ich einen Grund. Nehmen wir an, es sitzt wirklich etwas Fremdes im Schädel des Arek – könnte es dann die Tätigkeit der Elektrodensonden wahrnehmen? Die Möglichkeit erscheint durchaus gegeben. Je länger die Elektroden in Betrieb sind, desto größer die Gefahr, daß der Fremde unsere Absicht erkennt und mißtrauisch wird. Das wollen wir nicht. Wir möchten ihn unvoreingenommen beobachten können. Deswegen nahm ich die Sonden ab, sobald ich konnte.«

»Aha«, machte Doc Lorran.

Julian leerte sein Glas.

»Wenn niemand etwas dagegen hat ...«, begann er, da unterbrach ihn Kalep.

»Verzeihung, Sir, aber ich hätte gerne noch etwas gewußt.«

Julian sah ihn auffordernd an.

»Warum«, fragte Kalep, »hat der Fremde sich ausgerechnet Filchner ausgesucht?«

Da war sie – die Frage, die Julian die ganze Zeit über erwartet hatte. Ein paar Augenblicke lang hatte er gehofft, sie würde heute abend nicht mehr gestellt werden und er bekäme ein paar Stunden Zeit, um selbst darüber nachzudenken. Denn seitdem er das rote Enzephalogramm gesehen hatte, betrachtete er die Dinge aus einer anderen Perspektive. Bisher war er mit den Offizieren der Flottenleitung der Meinung gewesen, daß die Humdinger-Wesen weiter nichts als neugierig waren und sich Filchner ganz einfach deswegen ausgesucht hatten, weil er am nächsten lag. Die allgemeine Ansicht war, daß sie sich nur umschauen wollten und wieder abziehen würden, sobald sie ihre Neugierde befriedigt hatten.

Dann war plötzlich der besessene Arek ins Spiel gekommen. Wie unverständlich die Logik der Fremden auch immer sein mochte – niemand bemächtigte sich des Bewußtseins eines andern, solange er rein friedliche Zwecke verfolgte.

Julian erinnerte sich der Idee, die ihm gekommen war, als er am Nachmittag zum Fenster hinausstarrte und sich Rivertown ansah. Er blickte Kalep an und fragte:

»Was wollen Sie hören – offizielle Vermutungen oder meine private Meinung?«

»Ihre private Meinung, Sir.«

»Gut. Der Fremde hat sich Filchner ausgesucht, weil er hier ein Höchstmaß an Erzeugnissen einer hochentwickelten Technik erbeuten kann und dabei nur mit einem Mindestmaß an Widerstand zu rechnen braucht – denn schließlich gibt es auf ganz Filchner nur ein paar Leute, die in der Lage sind, Gegenwehr zu leisten.«

4.

Julian nahm sich Zeit für den Nachhauseweg. Die Nacht war immer noch so warm wie zuvor. Die Sterne strahlten mit verschwenderischer Pracht, und von unten, vom Fluß her, kamen die Geräusche von Hunderten fremder Tiere.

Er hatte Doc Lorran, Sifter und Kalep in heftiger Diskussion zurückgelassen. Jeder von ihnen hatte seine eigene Theorie darüber, was die Humdinger-Wesen wollten und wie sie aussahen. Julian hatte nicht viel Sinn darin gesehen, sich an der Unterhaltung zu beteiligen. Er hatte sich mit Sifter für vier Uhr morgens verabredet und war dann gegangen.

Als er am Rand der Straße entlangschritt, kehrte die Sorge zurück, die er in den Augenblicken der Aufregung eine Zeitlang vergessen hatte. Was er Lorran und Sifter und Kalep gesagt hatte, war nicht die volle Wahrheit. Die Leute auf Filchner hatten allen Grund, sich um ihre Sicherheit Sorgen zu machen, denn die Strategie der Flotte beruhte auf einer Philosophie, die das Wohl des Ganzen im Auge hatte und das des einzelnen – oder fünf einzelner – dabei vielleicht aus dem Blickfeld verlor. Die Neugierde des Imperiums galt den Fremden, die es endlich gewagt hatten, aus ihrem Versteck hervorzukommen. Um sie zu studieren, um ihre Methoden kennenzulernen, würde die Flotte ein nicht geringes Risiko auf sich nehmen. Zum Beispiel das Risiko, im Fall eines allumfassenden gegnerischen Angriffs auf Filchner zu spät einzugreifen. Es ging darum, die Taktik der Nebelwesen zu begreifen, so daß daraus Rückschlüsse auf ihre Mentalität und auf den Stand ihrer Technik gezogen werden konnten. Das Imperium hatte sich niemals zuvor in einer Lage wie dieser befunden. Wo immer ein Gegner auftauchte, da gab es Möglichkeiten, ihn zu fassen und entweder zum Frieden zu zwingen oder zu vernichten. Hier dagegen war es anders. Die Unbekannten hatten ein Versteck, in das ihnen niemand folgen konnte. Sobald sie Gefahr witterten, brauchten sie nur umzukehren und in die Humdinger-Ballung zu fliehen. Dort waren sie sicher.

Gerade weil die Leitung der Flotte das wußte, legte sie Wert darauf, die Fremden solange wie möglich ungestört beobachten zu können. Ungestört – das bedeutete, ohne daß sie wußten, daß sie beobachtet wurden. Ohne daß sich auch nur ein einziges terranisches Raumschiff im Umkreis von mehreren Lichtjahren sehen ließ. Die Mikrosonden würden die ganze Arbeit erledigen, winzige, äußerst schwer ortbare Gebilde, die trotzdem Leistung und Energie eines starken Hypersenders in sich vereinigten. Sie würden sich dicht über der Oberfläche von Filchner herumtreiben, wenn der kritische Augenblick kam, und sich nichts von dem entgehen lassen, was auf Filchner geschah.

Julian Tifflor, ein Veteran im Generalstab der Flotte, hatte gegen diese Einstellung, die das Leben von fünf Siedlern – ganz zu schweigen von dem von Millionen Eingeborenen – leichten Herzens als nichtig abtat, heftig protestiert. Er war bis zu Perry Rhodan, dem Großadministrator, selbst vorgedrungen und hatte darauf gedrängt, daß die vorgesehene Taktik geändert werde.

Sein alter Freund Perry Rhodan hatte ihm klargemacht, wie engstirnig er dachte. Niemand konnte mit Sicherheit sagen, daß den Areks Gefahr drohte. Selbst wenn man als gegeben annahm, daß die Humdinger-Wesen sich in unfreundlicher Absicht Filchner näherten, dann bestand immer noch die Möglichkeit, daß den Ureinwohnern kein schlimmeres Schicksal zuteil werden würde als anderen Völkern in ähnlichen Fällen, in denen die Oberherrschaft von einem Fremden an den nächsten überging. Wirklich gefährdet waren alleine die fünf Siedler selbst, denn im Bewußtsein ihrer technischen Stärke würden sie sich zur Wehr setzen, und den Fremden bliebe schließlich nichts anderes übrig, als sie aus dem Weg zu schaffen. Das Leben von fünf Menschen aber, argumentierte Perry Rhodan, wog gering gegenüber dem strategischen Vorteil, den das Imperium aus der ungestörten Beobachtung der Nebelwesen gewann. Falls die Fremden, wie man annahm, eine hochentwickelte und auf manchen Gebieten weit überlegene Technik besaßen, dann stellten sie eine potentielle Gefahr für das Solare Imperium mit seinen Hunderten von besiedelten Welten dar. Die Filchner-Affäre mochte dazu beitragen, daß die Menschheit im entscheidenden Augenblick wußte, wie sie sich zu verteidigen hatte.

Julian Tifflor hatte den Großadministrator jedoch nicht verlassen, ohne nicht wenigstens ein kleines Zugeständnis erwirkt zu haben. Er erhielt die Erlaubnis, zusammen mit einem Begleiter, den er sich selbst auswählen konnte, nach Filchner zu fliegen und die letzten Tage bis zum Eintreffen des merkwürdigen Nebelgebildes dort zu verbringen. Er hatte sich irgendeine Geschichte zurechtzulegen, die den Filchnerianern plausibel erschien und verhinderte, daß sie auf die Idee kamen, es sei etwas Ungewöhnliches im Gang. Gleichzeitig war er berechtigt, die Siedler an Bord seines Raumschiffes von Filchner zu nehmen, sobald die Lage kritisch wurde – das heißt, wenn ihnen Lebensgefahr drohte.

Julian hatte sich aus eigenem Antrieb entschlossen, den Befehl zur Geheimhaltung seiner Mission außer acht zu lassen. Er hatte sich, nachdem er den Siedlern begegnet war, eine eigene Meinung über die bevorstehenden Ereignisse gebildet. Erstens hielt er es für möglich, während der verbleibenden Tage vielerlei Dinge tun zu können, die den Planeten in einen verteidigungsbereiteren Zustand versetzten als den, in dem er sich augenblicklich befand. Dazu brauchte er die Mithilfe der Siedler. Er konnte sie nur gewinnen, wenn er ihnen reinen Wein einschenkte. Und zweitens hatte er die Absicht, die Kolonisten an Bord seines Schiffes zu verfrachten, noch bevor der erste Fremde Hand an sie legen konnte. Die Gefahr, daß sie gefangengenommen und einem Psychoverhör unterzogen wurden, aus dem hervorging, daß das Imperium über die Vorgänge auf Filchner gewarnt war, glaubte er damit ausschalten zu können.

Das waren seine Gründe gewesen, und so, wie er die Dinge im Augenblick sah, hatte er richtig gehandelt. Er nahm an, daß es unter den Eingeborenen in den nächsten Tagen immer mehr Fälle von Besessenheit geben würde, denn die Humdinger hatten sich bestimmt nicht darauf beschränkt, einen einzigen Scout auszusenden. Ereigneten sich diese Fälle in der Nachbarschaft von Rivertown, dann war es möglich, daß die Siedler in Panik gerieten. Das mußte verhindert werden, und am besten ließ es sich dadurch verhindern, daß man ihnen klarmachte, was hier vorging.

Julian hielt sein Verhalten immer noch für das vernünftigste, und er würde Wege finden, sich auf Terra für die Befehlsverweigerung zu verantworten. Er war sicher, daß der Großadministrator Verständnis haben würde. Von Zeit zu Zeit entwickelte sich eine Lage, die sich mit der üblichen Verknüpfung von Befehl und Gehorsam nicht meistern ließ. Das war ein statistisches Gesetz.

Nachdem er dieserart mit sich selbst ins reine gekommen war, stellte Julian plötzlich fest, daß er das Haus, in dem er mit Meech Hannigan wohnte, schon weit hinter sich gelassen hatte. Ein paar Schritte vor ihm lag das westliche Ende der Straße. Unschlüssig drehte er sich um, da bemerkte er am südlichen Horizont einen gelblichen Lichtschimmer. Er sah aus, als rührte er von einem großen Feuer her. Julian wurde neugierig und blieb stehen. Nach wenigen Minuten schob sich die Scheibe von Filchners größerem Mond, Lord-1, über die Kimm und erhob sich langsam in den Himmel. Die Helligkeit, die der Mond verbreitete, war so bedeutend, daß die Umgebung sich erhellte wie etwa am Morgen eines wolkenverhangenen Tags. Julian entschied, daß er noch keineswegs müde sei, verließ die Straße und schritt in südlicher Richtung zum Fluß hin.

Zweihundert Meter jenseits der Straße begann das Gelände sich zu senken. Der Boden war grasig. Es gab weder Büsche noch Bäume. Julian erinnerte sich gehört zu haben daß die Siedler, als sie sich auf Filchner niederließen, den Fluß als sichere Barriere gegen etwaige Feindseligkeiten der Areks betrachteten und allen höheren Pflanzenwuchs niedergebrannt hatten, um freien Überblick zu haben – für den Fall, daß die Eingeborenen trotzdem versuchen sollten, übers Wasser zu kommen.

Diese Sorgen gab es längst nicht mehr. Es gab kaum ein friedlicheres Volk als die Areks. Das freie Blickfeld zum Fluß hinunter wurde nicht mehr benötigt, aber die Bäume und Büsche waren nun einmal vernichtet.

Im Licht von Lord-1 tauchte der Fluß auf. Julian blieb überrascht stehen. Von seiner Schulung her wußte er, daß es sich bei dem Strom, der an Rivertown vorbeiführte, um einen bedeutenden Wasserlauf handelte, aber er hatte nicht gewußt, wie groß er in Wirklichkeit war. Jetzt sah er unter dem Licht des Mondes eine scheinbar endlose weite Wasserfläche, von vereinzelten Inseln unterbrochen. Das gegenüberliegende Ufer war kaum mehr auszumachen.

Er schritt bis zum Rand des Flusses hinunter und hockte sich in das feuchte Gras. Nachdenklich starrte er auf die ruhig dahingleitende Wasserfläche hinaus und dachte über die Dinge nach, die sich im Laufe der nächsten Tage ereignen mußten. Er nahm einen Stein zur Hand, holte weit aus und warf ihn flach über das träge Wasser, so daß er mehrere Male wieder in die Höhe hüpfte und erst weit draußen mit einem schwachen platschenden Geräusch in der Flut versank.

Er beobachtete den Mond, ohne ihn wirklich zu sehen, und dachte an die Fremden, die sich in Form eines winzigen Nebels Filchner näherten. Was wollten sie? Wie sahen sie aus – und was dachten sie? Waren sie wirklich Feinde? Oder war er selbst zu sehr der menschlichen Logik verhaftet, als daß er hätte erkennen können, daß es noch andere Motive gab, die sie zu diesem Unternehmen veranlaßt haben mochten?

Später wußte er nicht mehr, wie lange er so gesessen hatte. Eine eigenartige Faszination ging von dem Fluß aus. Er mußte sich zwingen, daran zu denken, daß er nicht hierhergekommen war, um sich romantischen Stimmungen hinzugeben. Er stand auf, ging das sanft ansteigende Ufer hinauf und hielt sich dabei nach rechts, so daß er die Straße gerade an der Stelle erreichte, an der das Haus stand, das Doc Lorran ihnen angewiesen hatte.

Aus dem großen Wohnzimmerfenster fiel Licht. Meech war schon zu Hause. Er stand mitten im Zimmer und sah Julian undurchdringlich an.

»Na, wie war's?« erkundigte sich Julian.

»Aufschlußreich, Sir«, war die Antwort.

»Oho. Inwiefern?«

»Doreen ist eine unzufriedene Frau, Sir.«

»Das wußten wir, bevor du losgingst, nicht wahr? Was sie am Videophon sagte, war ziemlich eindeutig.«

»Das schon, Sir. Aber es war schwer vorauszusehen, daß sie so hartnäckig sein würde.«

Julian grinste spöttisch.

»Mit anderen Worten – du hast Mühe gehabt, sie dir vom Leib zu halten?«

Meech schüttelte den Kopf.

»Ich würde es nicht Mühe nennen. Schließlich steht mir ein fähiger Verstand zur Verfügung, der um vieles schneller und präziser arbeitet als Doreens Gehirn. Ich kann triftige Ausreden in derselben Zeitspanne erfinden, in der Doreen einmal mit den Augen zwinkert. Aber ich wollte sie nicht beleidigen, und infolgedessen hatte alles, was ich tat, nur aufschiebende Wirkung.«

»Was du sagen willst, ist: Beim nächstenmal wird sie's wieder versuchen?«

»Genau das, Sir.«

Julian fing plötzlich an zu lachen. Die Komik der Situation war überwältigend. Er warf sich in einen Sessel und lachte, bis ihm die Tränen kamen.

»Wir müssen auf Komplikationen gefaßt sein, Sir«, sagte Meech mit einem tadelnden Unterton in der Stimme.

Julian beruhigte sich.

»Ja, du hast recht. Zumindest während der kommenden sechs oder sieben Tage. Danach wird keiner mehr an Abenteuer dieser Art denken wollen. Der Nebel wird bis dahin so nahe sein, daß man ihn mit dem bloßen Augen erkennen kann.«

»Aber bis dahin ...?«

Julian zuckte mit den Schultern.

»Bis dahin müssen wir uns anständig benehmen, Meech, daß niemand uns etwas vorwerfen kann.«

Er stand auf und gähnte.

»Ich lege mich hin, Meech. Ich brauche ein paar Stunden Ruhe. Was ist mit dir? Bleibst du auf?«

»Im Augenblick fällt mir nichts Besseres ein, Sir«, antwortete Meech und lächelte dazu.

Julian fand lange keinen Schlaf. So herzlich er auch über Meechs Abenteuer gelacht hatte, so deutlich war er sich darüber im klaren, daß Doreen Baermans Sehnsüchte für die Sicherheit der kleinen Kolonie eine nicht zu unterschätzende Gefahr bedeuteten. Die Siedler hatten, selbst wenn sie einig waren, nur eine geringe Chance, dem herannahenden Gegner wirksamen Widerstand entgegenzusetzen. Tanzte einer von ihnen aus der Reihe, dann war die Sache vollends verloren.

Als es Julian schließlich gelungen war, Ruhe zu finden, schlief er lange und tief und erwachte ausgeruht und voller Tatkraft. Er mußte nach seiner Schätzung wenigstens acht Stunden lang geschlafen haben, aber draußen war es noch so dunkel wie zuvor. Die Tür zu seinem Zimmer war geöffnet, und gegen das matt erleuchtete Viereck zeichnete sich Meech Hannigans Gestalt ab.

»Sie haben Besuch, Sir«, erklärte Meech.

Julian schwang sich aus dem Bett. Innerhalb weniger Sekunden war er völlig angekleidet. Draußen im Wohnzimmer stand Kalep und starrte vor sich hin auf den Boden.

»Guten Morgen, Joe«, begrüßte ihn Julian freundlich. »Hat das alte Scheusal Ihnen keinen Sitzplatz angeboten?«

Kalep grinste schief.

»Doch, schon, Sir. Aber ich hab's eilig. Wollte Ihnen nur ausrichten, daß Ihre Wache jetzt dran ist. Sie wollten doch nicht ausgeschlossen werden, oder ...?«

Julian erinnerte sich, daß er versprochen hatte, seinen Teil zur Überwachung des herannahenden Nebels beizutragen.

»Wie spät ist es jetzt?« erkundigte er sich.

»Halb drei«, antwortete Meech von der Tür her.

»Ich bin um vier Uhr mit Sifter verabredet«, sagte Julian. »Aber bis dahin will ich gerne ...«

»Klar«, machte Kalep. »Ich werde Pete Bescheid sagen, daß er um vier übernimmt.«

»Danke«, sagte Julian.

Kalep schickte sich zum Gehen an, aber bevor er die Tür erreichte, drehte er sich noch einmal um.

»Sie haben doch hoffentlich nichts dagegen, daß ich nachher mitkomme?« erkundigte er sich.

»Mit Sifter und mir? Nein, im Gegenteil. Wir brauchen jeden erfahrenen Mann.«

Man sah Kalep an, daß er sich geschmeichelt fühlte. Er öffnete die Tür und trat in die Nacht hinaus. Julian ließ sich von Meech einen Kaffee zubereiten, während er sich wusch. Zehn Minuten nachdem Kalep gegangen war, befand er sich auf dem Weg zum Observatorium.

Meech Hannigan hatte unterdessen das Teleskop so eingestellt, daß es automatisch der Bewegung des kleinen Nebels folgte. Als Julian in den Bildraum trat, entdeckte er den kleinen, verwaschenen Lichtfleck in der Mitte des großen Bildschirms.

Julian überzeugte sich, daß sich an dem Nebel selbst nichts geändert hatte. Dann ging er zum Meßlabor hinüber, machte sich mit den Geräten vertraut und führte noch einmal dieselben Messungen durch, mit denen Pete am Abend zuvor die rätselhaften Eigenschaften des Nebels enthüllt hatte.

Die Resultate waren immer noch dieselben. Zwei Messungen, im Abstand von fünfzehn Minuten ausgeführt, zeigten, daß der Nebel sich nach wie vor mit einer Geschwindigkeit bewegte, die das Siebzigfache der Lichtgeschwindigkeit betrug. Die Hyperwellentastung dagegen maß weiterhin achttausend Kilometer pro Sekunde.

Julian kehrte in den Bildraum zurück und machte es sich in einem Sessel bequem. Er zündete sich eine Zigarette an und starrte auf den Nebelfleck. Er zwang sich zu logischem Denken. Der Nebel näherte sich Filchner mit einer Geschwindigkeit von rund einundzwanzig Millionen Kilometern pro Sekunde. Die Theorie vom vierdimensionalen Kontinuum dagegen lehrte, daß es keine größere Geschwindigkeit als die der elektromagnetischen Wellen gebe. Anders war die Sachlage natürlich, wenn in Betracht gezogen wurde, daß das vierdimensionale Kontinuum in einen fünfdimensionalen Überraum eingebettet war. Wer die nötigen Mittel und Energien besaß, der konnte das vierdimensionale Raum-Zeit-Gefüge verlassen und in den umhüllenden Überraum vordringen. Auf ähnliche Weise konnte er an einem anderen Punkt wieder in das vierdimensionale Kontinuum zurückkehren, das man nach dem Pionier der Kontinuumstheorie den ›Einstein-Raum‹ nannte. Infolge der besonderen Eigenschaften des Überraums war es durchaus möglich, daß der Experimentator, nachdem er den Einstein-Raum durch den Austrittspunkt verlassen hatte, durch den Wiedereintrittspunkt viel schneller wieder zurückkehrte, als es etwa einer sich durch den Einstein-Raum bewegenden elektromagnetischen Welle möglich gewesen wäre, die Entfernung zwischen Austritts- und Eintrittspunkt zu überwinden.

Mit anderen Worten: Der fünfdimensionale Überraum öffnete einen Weg ›hintenherum‹, der es dem Weltraumreisenden ermöglichte, rascher von einem Ort zum andern zu kommen, als die vierdimensionale Theorie es erlaubte. Das war die Basis des modernen Hyperflugs, mochte er nun in Form von Transitionssprüngen oder als Linearflug vor sich gehen.

Ein Gesetz blieb dabei erhalten. Ein Objekt, das in den Überraum vordrang, hörte im selben Augenblick auf, im Einstein-Raum zu existieren. Kein Instrument, dessen Auswirkung alleine das vierdimensionale Kontinuum als Transportmedium benutzte, konnte es mehr wahrnehmen. Es war unsichtbar für jede Art von konventioneller Strahlung, ob es sich um Licht- oder Mikrowellen, um Gammastrahlung oder Ultrarotlotung handelte.

Das Verhalten des fremden Nebels stand offenbar in flagrantem Widerspruch zu diesem Gesetz. Er bewegte sich mit einer Geschwindigkeit, wie sie sich nur im Überraum erreichen ließ, und blieb trotzdem die ganze Zeit über im Einstein-Raum sichtbar.

Nachdem Julian sich die Dinge derart zurechtgelegt hatte, bereitete es ihm keine Schwierigkeit mehr, eine Erklärung zu finden.

Der Nebel bewegte sich zwischen dem Überraum und dem Einstein-Kontinuum hin und her. In rascher Folge tauchte er im fünfdimensionalen Übergefüge unter und auf. Im Überraum bewegte er sich mit einem Vielfachen der Lichtgeschwindigkeit, sobald er jedoch in den Einstein-Raum zurückkehrte, flog er nicht mehr als achttausend Kilometer pro Sekunde.

Julian erinnerte sich an die Stunde unten am Fluß und an den flachen Stein, den er übers Wasser geworfen hatte. Genau so wie der Stein verhielt sich der Nebel. Er hüpfte hin und her. Der Einstein-Raum war dem Wasser vergleichbar, die Luft stellte den Überraum dar. Jedesmal, wenn der Stein das Wasser wieder berührte, hatte er seit der vorhergehenden Berührung eine viel größere Strecke zurückgelegt, als es ihm möglich gewesen wäre, wenn er sich nur durch Wasser bewegt hätte. Pete Baermans Teleskop war das Auge eines Wasserwesens, das nicht wahrnehmen konnte, was jenseits der

Wasseroberfläche geschah. Jedesmal, wenn der Stein auftauchte, sah es ihn an einer Stelle, die von dem vorhergehenden Berührungsort unbegreiflich weit entfernt war.

Der Vergleich hinkte, dessen war Julian sich bewußt. Das Bild des Nebels, das er vor sich hatte, lieferte nicht den geringsten Hinweis darauf, daß das fremdartige Gebilde sich rhythmisch aus diesem Universum entfernte und wieder zurückkehrte. Es war ununterbrochen sichtbar. Das ließ sich jedoch leicht erklären. Das menschliche Auge ist unfähig, die Helligkeitsschwankungen einer altmodischen Glühbirne wahrzunehmen, die im Rhythmus des kommerziellen Wechselstroms fünfzigmal pro Sekunde erfolgen. Wenn der Nebel also pro Sekunde nur fünfzigmal im Überraum verschwand und wieder daraus hervorkam, dann erschien er dem unkritischen Auge dennoch wie ein stetiger Lichtfleck.

In Wirklichkeit war die Eintauchfrequenz wahrscheinlich weitaus größer. Julian schätzte, daß zwischen Ein- und Auftauchen des Nebels nicht mehr als wenige Millionstelsekunden verstrichen. Mittlerweile war ihm klargeworden, welchem Zweck die eigentümliche Fortbewegungsart der Fremden diente. Sie waren offenbar darauf angewiesen, Energie zu sparen. Der Übertritt vom Einstein-Kontinuum in den Überraum kostete Energie. Der Energiebetrag, der für den Übertritt aufgewendet werden mußte, war um so größer, je tiefer das Objekt in das fünfdimensionale Kontinuum vordrang. Die Tiefe des Eindringens bestimmte gleichzeitig die räumliche Entfernung zwischen Eintauch- und Austrittspunkt. Ein Raumschiff, das sich von A nach B bewegte, indem es in rascher Folge zwischen Überraum und Einstein-Raum hin- und hersprang, verbrauchte weniger Energie als eines, das die gesamte Strecke von A nach B im Überraum zurücklegte. Je rascher die Eintauchfrequenz, um so geringer war der Energieverbrauch. Das war eine Erkenntnis, die irdische Wissenschaftler schon vor geraumer Zeit gewonnen hatten. Daß terranische Raumschiffe sich trotzdem des Überraums als des einzigen Transportmediums bedienten, anstatt zwischen Über- und Einstein-Raum hin- und herzuspringen, lag daran, daß es einfacher war, die notwendigen Energiemengen aufzubringen, als die Kontrollmechanismen zu erstellen, die das Hin- und Herspringen regelten.

Die Wesen aus der Humdinger-Ballung hatten diese Schwierigkeit offenbar gemeistert. Sie besaßen Instrumente, die das rasche Hin- und Herwechseln zwischen den beiden Kontinua zufriedenstellend regulierten. Ohne Zweifel war dies eine Eigenart ihrer Technologie. Sie waren hervorragende Regeltechniker. Trotzdem war Julian nicht bereit zu glauben, daß sie nicht in der Lage wären, genug Energie zu produzieren, um das Nebelgebilde auf dem geradesten Weg durch den Überraum nach Filchner zu schicken. Ein anderer Grund mußte da eine Rolle spielen. Während sich der Nebel durch den Raum bewegte, ging in seinem Innern etwas vor, das soviel Energie verbrauchte, daß die Fremden gezwungen waren, an Antriebsenergie zu sparen.

Er zerbrach sich den Kopf, was das sein könnte.

5.

Um zehn Minuten vor vier war Pete noch nicht erschienen. Julian war ziemlich sicher, daß der Nebel sich weiterhin ruhig verhalten würde, und verließ das Observatorium, um seine Verabredung mit Sifter einzuhalten. Es war immer noch finster, aber Sifter hatte sich bereits auf dem Landefeld eingefunden, und das leerlaufende Triebwerk der Deltamaschine erfüllte die Nacht mit hellem Singen. Sifter stand gegen die linke Tragfläche gelehnt und rauchte eine Zigarre. Er sah aus wie ein Mann, der mit sich und der Welt zufrieden war. Julian empfand Sympathie für ihn. Der lange, dürre Mann war ganz nach seinem Geschmack. Er und Kalep, daran gab es für Julian keinen Zweifel, waren die beiden Männer, auf die er sich während der kommenden kritischen Tage voll und ganz verlassen konnte.

»Guten Morgen Sir«, sagte Sifter freundlich. »Kalep muß alle Augenblicke hier ankommen. Das Triebwerk ist vorgewärmt. Wir können sofort aufbrechen.«

Als hätte er ein Stichwort erhalten, tauchte Kalep plötzlich aus der Finsternis auf. Trotz seiner merkwürdigen linkischen Haltung hatte er eine Art, sich lautlos zu bewegen, die Julian beeindruckte.

Kalep machte ein mißmutiges Gesicht und sagte anstelle einer Begrüßung:

»Ärger liegt in der Luft, Leute – und ich glaube, er ist mir ziemlich dicht auf den Fersen.«

»Wer?« fragte Julian verwundert.

»Der Ärger«, antwortete Kalep lakonisch. »Als ich an Baermans Haus vorbeikam, sah ich ... oh, da ist er schon!«

Aus der Dunkelheit waren hastige Schritte zu hören. Pete Baerman tauchte auf. Er sah aus, als wäre er gerade aus dem Bett gesprungen; die Haare hingen ihm wirr ins Gesicht, und die Kleidung saß unordentlich.

Er wandte sich geradewegs an Julian.

»Sir«, stieß er hervor, »bei allem Respekt, den ich einem hohen Offizier des Imperiums schulde, muß ich darauf bestehen, daß Sie Ihren Begleiter besser im Zaum halten.«

Julian bekam große Augen.

»Was heißt das?« erkundigte er sich verblüfft.

»Mister Hannigan fand sich gestern nacht zur gleichen Zeit im Observatorium ein, als Doreen dort Wache hatte.«

»Ja, natürlich. Ihre Frau hat keine Ahnung, wie man das Teleskop bedient.«

»Das brauchte sie auch nicht. Ich hatte ihr des langen und breiten erklärt, was sie tun sollte.«

Julian nickte.

»Richtig. Aber wir beobachten den Nebel deswegen, weil wir es für möglich halten, daß irgendwann einmal etwas Besonderes geschieht. Der Nebel kann seinen Kurs oder sein Aussehen ändern, er kann sich vergrößern oder verkleinern, verlangsamen oder seine Geschwindigkeit erhöhen. In diesem Fall müssen die Instrumente neu adjustiert und Messungen durchgeführt werden. Doreen wäre nicht in der Lage gewesen, das zu tun. Deswegen schickte ich Meech ins Observatorium.«

»Er hat meine Frau belästigt«, knurrte Pete.

»Das ist lächerlich«, gab Julian kalt zurück. »Wer behauptet das?«

»Ich weiß es, das genügt.«

Julian schüttelte den Kopf.

»Es genügt eben nicht. Wenn Sie Vorwürfe erheben, dann bringen Sie gefälligst Beweise. Ich lasse nicht einen meiner Leute ungestraft beschimpfen.«

Pete brauste auf.

»So? Und was gedenken Sie dagegen zu tun?«

Julian legte ihm die Hand auf die Schulter. Pete zuckte unter der Berührung zusammen und versuchte zurückzuweichen, aber Julian hielt ihn fest.

»Pete«, sagte er ruhig und freundlich, »Sie gehen jetzt am besten nach Hause und legen sich wieder ins Bett, bevor Sie sich noch lächerlicher machen. Ich versichere Ihnen, daß Meech Hannigan sich völlig korrekt verhalten hat. Ich kenne ihn. Sifter, Kalep und ich haben einen ziemlich anstrengenden Tag vor uns, also folgen Sie meinem Rat und gehen Sie wieder heim. Niemand hat die Absicht, Doreen ein Leid anzutun.«

»Aber ich weiß ...«, begann Pete.

»Gehen Sie nach Hause!« donnerte Julian.

Pete duckte sich. Eine Sekunde lang starrte er Julian aus halb zusammengekniffenen Augen an, dann wandte er sich um, Julian lockerte seinen Griff, und Pete verschwand in die Dunkelheit. Das Geräusch seiner Schritte entfernte sich rasch.

Julian fing plötzlich an zu lachen. Sifter und Kalep starrten ihn verwundert an. Julian ließ seiner Heiterkeit freien Lauf. Es dauerte mehr als eine Minute, bevor er sich beruhigte.

»Ich weiß, Sie verstehen das nicht«, sagte er zu den beiden Männern, »aber Petes Vorwürfe sind wirklich vollkommen lächerlich.«

»Und wieso das?« trompetete Kalep.

»Sergeant Meech Hannigan«, erklärte Julian, »ist ein Roboter.«

Zehn Minuten später waren sie unterwegs. Beeindruckt sah Julian auf das Bild des Relieftasters. Klar und deutlich, als herrschte draußen helles Tageslicht, zeigte es die Landschaft, über die sich die Maschine in mäßiger Höhe und mit geringer Geschwindigkeit bewegte. Die Ebene südlich von Rivertown war zumeist Buschland, aber hier und dort formten sich kleine Waldinseln, und eine Fülle von Bächen und Flüssen schlängelte sich nach Norden, dem großen Strom entgegen, der an der Siedlung vorüberfloß.

Sifter fungierte als Pilot und war wie üblich schweigsam, während Kalep mit seiner hohen Stimme Erläuterungen zu dem gab, was auf dem Tasterschirm zu sehen war.

»Das ist das Gebiet von Loggallans Stamm«, sagte er mit dem leiernden Tonfall eines Fremdenführers. »Loggallans Hauptlager befindet sich ziemlich dicht an der Stadt, obwohl sein Gebiet mehr als hundert Kilometer weit nach Süden reicht. Loggallans Leute sind halbseßhafte Farmer. Sie bebauen ein Stück Land, bis es an Kraft verloren hat. Dann ziehen sie ein Stück weiter.«

»Unter diesen Umständen«, bemerkte Julian, »ist es recht merkwürdig, daß sie ein abgegrenztes Gebiet haben, nicht wahr? Man sollte annehmen, daß sie so weit ziehen, wie es ihnen paßt.«

»Das taten sie auch«, bestätigte Kalep. »Aber alles, was sie damit erreichten, war Ärger mit den Nachbarstämmen. Loggallan, Helliman und Tiggurran lagen sich dauernd in den Haaren. Wir gaben ihnen Kunstdünger und machten ihnen klar, daß sie damit ihren Boden zehnmal länger als bisher und mit zwanzigfacher Ausbeute bebauen könnten. Die Burschen sind gelehrig. Sie blieben an Ort und Stelle und ließen uns Grenzen ziehen. Seitdem hat es keinen Streit mehr gegeben – es sei denn, sie betrinken sich und kriegen Händel wegen Frauen.«

Ein merkwürdig geradliniger Flußlauf zog sich über den Reflexschirm.

»Das ist hwenaho-an-laiijdin«, erklärte Kalep.

Julian nickte.

»Das Wasser der schnellen Boote«, murmelte er.

Joe Kalep geriet zum erstenmal, seit er ihn kannte, aus der Fassung.

»Wie, Sie verstehen das, Sir?«

Julian nickte.

»Schulung«, antwortete er knapp. »Das Experimentalkommando hat eine Reihe von Arek-Sprachen aufgenommen und analysiert. Die wichtigsten brachte man mir bei, bevor ich hierherkam. Aber was hat es mit dem Fluß auf sich?«

Kalep hatte sich noch immer nicht ganz beruhigt. Mit einem Ausdruck ungläubiger Verwunderung starrte er Julian an. Dann schüttelte er den Kopf und fuhr fort:

»Die Areks haben Bootsrennen zum Nationalsport erhoben. Rennen werden in regelmäßigen Abständen veranstaltet, mit Vorliebe in möglichst reißendem Wasser. Loggallans Gebiet war dafür ungeeignet. Das war einer der Gründe, weswegen er sich zunächst gegen die neuen Grenzen wehrte. Wir halfen ihm aus. Ein Flußlauf wurde begradigt, und jetzt hat Loggallan die schönste Rennstrecke weit und breit.«

Julian dachte darüber nach.

»Merkwürdig«, sagte er mehr zu sich selbst. »Eine primitive Rasse mit einer so ausgeprägten Liebe für eine gewisse Sportart, wie man sie nur bei zivilisierten Völkern erwartet.«

»Die Areks sind anders als wir, Sir«, begründete Kalep ohne Zögern. »Sie haben alles in Hülle und Fülle. Sie leiden keine Not. Man hat mir beigebracht, daß Not die Triebkraft war, die den Menschen dazu veranlaßte, eine Zivilisation zu errichten. Wenn das stimmt, dann werden die Areks für immer Primitive bleiben. Sie haben keinen Anlaß, sich weiterzuentwickeln. Aber sie haben eine Menge Freizeit. Sie sind im Grunde genommen ein lustiges Volk. Kein Wunder, daß sie die Bootsspiele erfanden.«

Julian schwieg beeindruckt. Was er eben gehört hatte, waren die Grundzüge einer Ethnologie der Areks, wie sie in spätestens zwanzig Jahren in irgendeinem gelehrten Buch zu finden sein würden. Wobei vom Autor unerwähnt bleiben würde, daß ein einfacher Mann namens Joe Kalep die Dinge schon viel früher durchschaut hatte als er.

»Dieser Fluß dort«, sagte Kalep schrill und deutete auf einen kleinen, vielfach gewundenen Wasserlauf, »ist die südwestliche Grenze von Loggallans Gebiet. Dahinter herrscht Tiggurran.«

Julian hörte ihm kaum zu. Ein Gedanke war ihm gekommen – nicht zum erstenmal, er hatte sich schon des öfteren über diese Frage den Kopf zerbrochen. Er überlegte, ob er Kalep um Auskunft bitten solle. Er war seiner Sache nicht sicher.

»Tiggurrans Stamm besteht aus rund zweihundert Leuten«, fuhr Kalep währenddessen fort. »Sein Gebiet ist daher größer als Loggallans. Es reicht so weit nach Süden, daß bis jetzt noch keiner von uns jemals an der Südgrenze gewesen ist. Außer Sifter natürlich. Der fliegt den ganzen Tag lang in der Gegend herum.«

Er bemerkte, daß Julian ihm nur mit halbem Ohr zuhörte und schwieg. Julian faßte einen Entschluß.

»Ich habe eine Frage, Joe«, begann er. »Was hat das Siedlungsamt veranlaßt, drei Junggesellen und ein Ehepaar nach Filchner zu schicken? Sie verstehen, was ich meine? Es scheint eine recht unlogische Kombination zu sein. Eine Frau unter vier Männern verursacht Reibereien – oder nicht?«

Kalep sah nachdenklich vor sich hin. Er wirkte ernst, aber in seinen Augen blitzte es, als amüsierte er sich über die Frage.

»Am Anfang, Sir«, antwortete er, »hatten wir selber unsere Zweifel. Doreen ist hübsch, und wir konnten uns nicht vorstellen, daß Pete alleinigen Anspruch auf sie haben könnte, ohne daß deswegen über kurz oder lang Streit entstand.« Er nickte dazu und lächelte ein wenig, als hinge er einer freundlichen Erinnerung nach. »Dann merkten wir, daß das Siedlungsamt nicht so ganz planlos gehandelt hatte. Es gibt keine solchen Probleme auf Filchner. Ich würde sogar sagen, wenn Pete nicht bis über beide Ohren in Doreen verliebt wäre, dann wäre *er* derjenige, der sich Sorgen machen müßte.«

Julian sah ihn verwundert an. Kalep beugte sich nach vorn und fragte Sifter:

»Wie lange noch bis zu Tiggurrans Lager, Darrel?«

»Sechs oder sieben Minuten«, knurrte Sifter.

»Sie werden sehen, was ich meine, Sir«, wandte Kalep sich wieder an Julian.

Die Maschine rollte langsam aus. Im Schein eines großen, roten Feuers sah Julian die Umrisse von flachen, langgestreckten Hütten, die aus Stroh und Zweigen erbaut zu sein schienen. In der Nähe des Feuers bewegten sich ein paar Gestalten.

Sifter klappte das Kanzeldach zur Seite. Über die Tragfläche kletterten sie hinunter auf den weichen Grasboden. Zwei Areks kamen vom Feuer her auf sie zu. Der eine trug eine Fackel, die die Szene ausreichend beleuchtete.

Fasziniert musterte Julian den Arek, der vor dem Fackelträger herschritt. Er war groß und stämmig gebaut. Im Widerschein der Flammen schien seine Haut einen goldenen Schimmer zu haben. Er war nicht nackt wie der einzige Arek, den Julian bisher zu Gesicht bekommen hatte, sondern trug eine Art Wickelrock aus buntem Material, der ihm von der Taille bis auf die Knie herabreichte. Lose über die Schultern geworfen hatte er einen boleroähnlichen Umhang aus grellgefärbten Federn. Er machte den Eindruck eines Mannes, der sich seiner Würde bewußt war. Das schwarze Haar schien glatter als das des Arek, den Doc Lorran in seine Obhut genommen hatte. Die Art, wie er die Ankömmlinge musterte, verriet Intelligenz und Selbstvertrauen zugleich.

»Das ist Tiggurran selbst«, sagte Kalep halblaut.

Der Stammesführer begann zu sprechen. Julian hatte von Sifter erfahren, daß Tiggurrans Stamm sprachlich gesehen zu einer Gruppe von Völkern gehörte, deren Schwerpunkt rund tausend Kilometer im Süden lag. Tiggurrans Leute waren diejenigen, die sich am weitesten nach Norden gewagt hatten. Ihre Sprache war ein Fremdkörper in diesem Teil des Landes. Julian beherrschte sie nicht. Beim Siedlungsamt war sie nicht als eine der wichtigen Sprachen klassifiziert.

Kalep übersetzte, während Sifter und der Häuptling sich unterhielten.

»Er sagt, er freue sich, uns zu sehen«, hörte Julian. »Besonders den Mann, der zum erstenmal kommt.« Julian verneigte sich, obwohl er keine Ahnung hatte, ob diese Geste unter den Areks etwas bedeutete. »Sifter erklärt ihm jetzt«, fuhr Kalep fort, »warum wir hier sind.«

Julian sah, wie Sifter etwas aus der Tasche zog. Es war eine Fotografie des Arek, den er auf der Algier-Ebene aufgelesen und nach Rivertown gebracht hatte. Tiggurran nahm das Bild und hielt es in den Lichtkreis der Fackel. Nachdem er es eine Weile betrachtet hatte, sah er auf. Er hatte die Zunge in die rechte Backe geschoben, so daß die Wange sich wölbte.

»Das ist das Zeichen für Ja-und-doch-nicht-Ja«, erklärte Kalep eifrig. »Der Mann gehört nicht zu Tiggurrans Stamm, aber Tiggurran scheint ihn von irgendwoher zu kennen.«

Der Häuptling redete jetzt auf Sifter ein. Was er sagte, schien ziemlich erstaunlich zu sein, denn Kalep vergaß vor lauter Aufregung das Übersetzen. Schließlich wandte Sifter selbst sich um und erklärte:

»Er behauptet, der Mann käme von weither aus dem Süden, Sir. Er erinnert sich, ihn vor sechs oder sieben Tagen in der Nähe gesehen zu haben. Einer seiner Leute sprach mit ihm. Das heißt, er versuchte es. Der Kerl muß damals schon genauso durcheinander gewesen sein wie heute, als ich ihn fand. Immerhin hörte Tiggurrans Mann ihn ein paar Worte sagen. Er spricht, behauptet der Häuptling, mit einem Akzent, wie man ihn fünfzehnhundert Kilometer weiter südlich hört.«

Tiggurran schwieg und verfolgte die Unterhaltung der beiden Terraner mit gespannter Aufmerksamkeit.

»Wie verläßlich ist diese Information?« erkundigte sich Julian.

»Sehr, Sir«, stellte Sifter mit Nachdruck fest. »Innerhalb eines bestimmten Sprachbereichs gibt es sehr feine Sprachunterschiede. Wir nennen sie Akzente. Sie sind zu geringfügig, als daß wir mit unserer geringen Erfahrung sie erkennen könnten. Für mich sprach der verrückte Arek dieselbe Sprache wie Tiggurrans Leute. Aber die Areks selbst haben für solche Nuancen ein scharfes Ohr. Sie brauchen einem Mann nur eine Minute lang zuzuhören, um genau zu wissen, von welchem Stamm er kommt.«

Julian nickte.

»Wie ist das«, erkundigte er sich plötzlich, »kann man Tiggurran dazu bringen, eine Sprache zu sprechen, die ich verstehe? Oder gilt das als unhöflich?«

Sifter wollte antworten, da trat Tiggurran einen Schritt auf Julian zu. Julian sah überrascht auf und bemerkte, daß der Häuptling über das ganze Gesicht strahlte.

»Ich unhöflich«, versicherte er in holprigem Interkosmo. »Freuen, können Sprache Mann, der zum erstenmal kommt ... sprechen immerzu, immerzu.«

Julian warf Sifter einen hilfesuchenden Blick zu. Sifter zuckte mit den Schultern. Julian wandte sich wieder an den Häuptling.

»Sprichst du die Sprache, die Loggallans Stamm spricht?« erkundigte er sich, wobei er sich eben dieser Sprache bediente.

Tiggurran wirkte ein wenig enttäuscht, daß er seine Kenntnis des Interkosmo nicht an den Mann bringen konnte. Aber er nickte bereitwillig – eine Geste, die er den Siedlern abgesehen haben mußte – und antwortete fließend in Loggallans Sprache:

»Selbstverständlich beherrsche ich sie. Wir sind Fremde in diesem Land. Ohne die Sprache unserer Nachbarn zu kennen, wären wir verloren.«

Julian fühlte sich erleichtert. Er hatte ein paar Fragen zu stellen, über die er mit Sifter und Kalep bis jetzt noch nicht gesprochen hatte. Der Umweg über Sifters Dolmetscherei wäre mühselig gewesen.

»Der Fremde, über den Sifter mit dir sprach«, erklärte er dem Häuptling, »ist vielleicht krank. So krank, daß er den Krankheitskeim auf andere Leute übertragen kann. Ich hätte gerne gewußt, ob in deinem Stamm während der letzten Tage Krankheiten aufgetreten sind, die du dir nicht erklären kannst.«

Tiggurran musterte ihn scharf. Die Freundlichkeit war aus seinem Blick gewichen. Julian überlegte sich, was er falsch gemacht hatte, aber da erwachte der Häuptling aus seiner Starre.

»Etwas an deiner Vermutung ist falsch«, sagte er mit rauher Stimme. »Aber komm trotzdem!«

Ohne weitere Erklärung drehte er sich um und stapfte auf das Feuer zu. Der Fackelträger lief an ihm vorbei, um an die Spitze der Gruppe zu kommen. Julian und seine beiden Begleiter folgten Tiggurran. Der Häuptling führte sie am Feuer vorbei zu einer Gruppe von Hütten, die abseits von den anderen standen. Ein paar Leute, die in der Nähe des Feuers gesessen und sich unterhalten hatten, standen auf und sahen der kleinen Gruppe neugierig nach. Julian glaubte, erregte Untertöne zu hören, als sie die Unterhaltung wieder aufnahmen.

Vor einer der Hütten blieb Tiggurran stehen. Er wandte sich an Julian.

»Die Krankheit des Fremden mag ansteckend sein«, sagte er, »aber meine Leute haben sie nicht von ihm. Sie waren schon krank, als der Fremde hier vorbeikam.«

Julian lauschte, aber aus dem Innern der Hütte war kein Laut zu hören.

»Wie viele sind es?« wollte er wissen.

»Zwei«, antwortete Tiggurran knapp.

»Kann ich sie sehen?«

Der Häuptling deutete auf die Tür. Der Fackelträger machte sich an dem Schlingenverschluß zu schaffen. Er benahm sich wie jemand, der lieber zehn Kilometer weit weg gewesen wäre.

Julian stand zwei Meter von der Tür entfernt, als der Fackelträger sie aufriß und gleichzeitig als Deckung vor sich hielt. Im Innern war es immer noch ruhig und finster. Julian drehte sich um und wollte Tiggurran darum bitten, daß sein Träger ihm die Fackel überließ.

Da geschah es.

Ohne Warnung kamen die beiden Kranken aus dem Innern der Hütte geschossen. Sie mußten in der Nähe der Tür bereitgestanden haben, denn sie prallten mit solcher Wucht gegen Julian, daß er zu Boden gerissen wurde. Die Kranken rannten weiter. Trotz ihres umnachteten Verstands bewegten sie sich zielbewußt. Sie mieden den hellen Schein des Feuers und liefen zwischen den finsteren Hütten hindurch. Sie verhielten sich völlig ruhig, bis sie die Grenze des Dorfes erreicht hatten. Dann brachen sie in helles Triumphgeschrei aus. Julian hörte ihre Stimmen allmählich leiser werden, als sie sich nach Nordosten hin davonmachten.

Ein wenig verlegen wollte er Tiggurran für seine Unachtsamkeit um Entschuldigung bitten. Aber der Häuptling achtete nicht auf ihn. Er hatte den Kopf schräggestellt, um besser hören zu können, und auf seinem Gesicht lag ein spöttisches Grinsen. Als die Stimmen nicht mehr zu hören waren, fing er an zu lachen.

»So verrückt«, stieß er in Loggallans Sprache hervor. »Sie wissen nicht, was sie reden.«

»Was reden sie?« erkundigte sich Julian gespannt.

»Wir, die von den Sternen kommen, werden siegen«, übersetzte Tiggurran bereitwillig. »Und dann noch: Auf zur Stadt am Wasser!«

»Das ist Rivertown«, bemerkte Kalep pflichteifrig.

Tiggurran schien sich nichts daraus zu machen, daß die Kranken entkommen waren. Im Gegenteil, er wirkte erleichtert. Julian glaubte ihn zu verstehen. Ebenso, wie sich die Siedler vor unbekannten Krankheiten fürchteten, weil sie vielleicht kein wirksames Gegenmittel besaßen, empfanden die Areks Angst, weil in ihrer primitiven Mythologie Krankheit und böse Geister eins waren und die Anwesenheit eines Kranken konsequenterweise die Anwesenheit einer übelgesonnenen Gottheit bedeutete. Jeder der Stämme in der Umgebung von Rivertown war durch ein Übereinkommen dazu verpflichtet, seine Kranken in sicherem Gewahrsam zu halten und bei Gelegenheit Doc Lorran über den Krankheitsfall Bericht zu erstatten. Tiggurran hatte sich an das Abkommen gehalten. Es war Julians Schuld, daß die Kranken entkommen waren, und etwas Willkommeneres hätte dem Häuptling gar nicht zustoßen können.

»Ihr kommt von weither«, lenkte Tiggurran auf ein anderes Thema über. »Ihr müßt hungrig sein. Ich will meinen Frauen sagen, daß sie etwas für euch zurechtmachen. Nehmt einstweilen am Feuer Platz.«

Er schritt gravitätisch davon und verschwand im Dunkeln. Der Fackelträger geleitete die Gäste zum Feuer. Die Männer, deren Aufgabe es war, die Flammen zu unterhalten, wichen ehrfürchtig zur Seite. Julian und seine Begleiter nahmen auf einer bequemen, gepolsterten Bank Platz, die sich im Halbrund um den Feuerplatz zog. Tiggurrans Diener verschwand.

Julian starrte nachdenklich in die prasselnden Flammen, als Kaleps Stimme ihn aufschreckte:

»Was halten Sie davon, Sir?«

Julian sah ihn an.

»Wovon?«

»Von dem, was die Kranken schrien, als sie davonliefen.«

»Es läßt keinen Zweifel mehr übrig, nicht wahr?« antwortete Julian. »Es ist undenkbar, daß zwei oder gar drei Areks, die aus weit voneinander entfernten Gegenden stammen, zur gleichen Zeit auf die Idee kommen, den gleichen Unsinn zu sagen. Wir, die von den Sternen kommen ...«

Er schwieg. Die Areks wußten nichts von den Sternen. Selbst nach anderthalbjährigem Kontakt mit den Siedlern hatten sie keine Ahnung, was ein Raumschiff war, und glaubten im stillen, die Terraner seien aus irgendeiner entlegenen Gegend von Filchner nach Rivertown gekommen. Der Gedanke, daß Sterne in Wirklichkeit andere Sonnen waren, um die andere Planeten kreisten, war ihnen völlig fremd.

»Wenn ich etwas sagen darf, Sir«, meldete sich Sifter schüchtern.

»Sprechen Sie, wie Ihnen der Schnabel gewachsen ist«, forderte Julian ihn auf.

»Sie wollten alle nach Rivertown«, sagte Sifter bedächtig. »Der erste, den ich auf der Algier-Ebene auflas und der aus einer Gegend kommt, in der niemand etwas von der Siedlung weiß. Und die beiden Kranken aus Tiggurrans Stamm.«

Julian nickte vor sich hin.

»Ja, das ist mir aufgefallen«, bestätigte er. »Was auch immer in ihren Gehirnen sitzt, es gibt ihnen den Befehl, nach Rivertown zu gehen. Und merkwürdig – sie machen den Eindruck von Geisteskranken oder Betrunkenen, aber daß sie nach Rivertown gehen sollen, das vergessen sie nie.«

»Hm«, machte Kalep. »Was halten Sie davon, Sir?«

»Das wissen Sie selbst, Joe. Es liegt auf der Hand.«

Kalep sah ihn an. Er hatte die Augen zu schmalen Schlitzen zusammengekniffen.

»Die Besessenen sollen Unruhe stiften. Sie sollen Rivertown übergabereif machen, bevor die Hauptflotte des Gegners landet.«

Er hatte leise gesprochen, als fürchtete er, daß einer der Areks ihn verstehen könnte.

»So ungefähr«, gab Julian zu. »Das mit der Hauptflotte ist vielleicht ein bißchen zu dramatisch. Von einer Flotte ist bislang noch keine Spur zu sehen.«

»Und der Nebel?« warf Kalep ein.

»Wir wissen nicht, was es ist. Aber auf keinen Fall ist es eine Flotte von Raumschiffen.«

Die Unterhaltung wurde unterbrochen. Tiggurran erschien mit ›seinen Frauen‹. Sein Auftritt vollzog sich, wie er eines Häuptlings würdig war. Der Zug wurde von einer Schar von Musikanten angekündigt, die auf Triangeln und Trommeln einen unmelodischen Lärm vollführten. Nachdem die Neugierde der Zuschauer auf solche Weise erweckt war, erschien Tiggurran, von drei Fackeln beleuchtet und gefolgt von mehr als einem Dutzend Frauen, die sich mit hüpfenden und tanzenden Bewegungen aus der Dunkelheit schälten. Julian beobachtete den Aufzug fasziniert. Er wußte, daß dem Häuptling eines Arek-Stammes alles gehörte, was der Stamm besaß, Menschen und Material in gleicher Weise. Jeder Arek war im Grunde genommen das Eigentum seines Häuptlings. Die ungeschriebene Stammesverfassung räumte dem Häuptling eine Stellung ein, die nur mit dem Gottkönigtum der Kulturen des irdischen Altertums verglichen werden konnte. Allerdings hatte ein Häuptling, der seine despotischen Rechte voll zur Geltung bringen wollte, nicht geringe Schwierigkeiten zu überwinden. Das Stammesgesetz besagte zwar, daß jeder Befehl des Häuptlings unverzüglich ausgeführt werden müsse, aber es enthielt kein Patentrezept für den Fall, daß die Mehrheit des Stammes die Ausführung eines Befehls verweigerte. Es sprach für den gesunden Menschenverstand der Areks, daß sich aus diesem Mißverhältnis von versprochener und verfügbarer Autorität ein Regierungssystem entwickelt hatte, das äußerst demokratisch war. Der Häuptling nutzte seine Privilegien nur soweit aus, wie es seinen Untertanen genehm war.

Es gab keinen Zweifel, daß Tiggurran diejenigen Frauen seines Stammes, die er für die hübschesten hielt, aus dem Schlaf geweckt hatte, um den Gästen ein Schauspiel seiner Gastfreundlichkeit zu geben. Ebenso sicher schien zu sein, daß die Frauen es für einen Vorzug hielten, zu dieser Aufgabe gerufen zu werden.

Julian erinnerte sich an seine Unterhaltung mit Kalep während des Fluges hierher. Die Frauen, die hinter Tiggurran hertanzten, schienen einem alten Südseefilm entsprungen. Im Gegensatz zu den Männern ihrer Rasse hatten sie lange, über die Schultern herabfallende Haare in allen Farbtönen von Blond bis Schwarz. Ihre Kleidung war spärlich. Wie bei fast allen primitiven humanoiden Völkern forderte die Schicklichkeit nur die Umhüllung der mittleren Körperpartien von der Hüfte an abwärts. Die Frauen trugen kurze, bunte Röcke, die beim Tanzen wie Fahnen um sie herumflatterten. Wenn sie stillstanden, reichte ihnen der Rocksaum fast bis zum Knie.

Sie waren vollendet geformt. Fast jede einzelne hätte der Jury eines irdischen Schönheitswettbewerbs als Richtschnur dienen können. Ihre Gesichter wirkten überraschend klug. Die Neugierde, mit der ihre großen Augen während des Tanzes die Fremden betrachteten, war die Neugierde aufgeweckter, lebenssprühender Wesen.

Julian verstand, was Kalep gemeint hatte, als er sagte, unter gewissen Umständen wäre Pete Baerman der einzige Mann, der auf Filchner Probleme hätte.

Tiggurran verlor keine Zeit – vermutlich deshalb, weil er selbst hungrig war. Die Diener legten ihre Fackeln nieder und brachten aus den Hütten allerhand Gerätschaften zum Vorschein, die an der freien Seite des Feuers aufgebaut wurden. Sie verschwanden ein zweites Mal und kehrten mit Schüsseln und Kannen, Körben und Tellern zurück. Die Teller wurden an die Gäste verteilt. Der Inhalt der Körbe, Kannen und Schüsseln ging an die Frauen, die ihren Tanz abbrachen und mit der Zubereitung des Mahls begannen. Inzwischen hatte der Häuptling sich neben seinen Gästen niedergelassen und begann eine freundliche Unterhaltung.

Eine halbe Stunde später war die Mahlzeit bereit. Fünf Frauen defilierten an Tiggurran und seinen Gästen vorbei, jede von ihnen trug ein Gefäß, aus dem sie mit Hilfe eines hölzernen Schöpflöffels die Teller belud. Die Fackelträger erschienen ein drittes Mal und plazierten Trinkbecher, mit einer rötlichen Flüssigkeit bis zum Rand gefüllt, vor den Häuptling und die Terraner.

Das Essen wurde schweigend eingenommen. Julian hatte keine Ahnung, was er da aß, denn die Mahlzeit war von einer breiigen Konsistenz, die keinerlei Schlüsse auf die verwendeten Grundstoffe zuließ. Dennoch war er bereit zu schwören, daß er in seinem ganzen Leben höchstens fünfmal so vorzüglich gegessen hatte wie in dieser Nacht, fern aller Zivilisation, am Lagerfeuer eines halbwilden Arek-Stammes.

Das rote Getränk hatte es in sich. Die Speise war scharf gewürzt und verleitete zum Trinken. Die Fackelträger standen fortwährend auf dem Sprung, und sobald einer der Becher geleert war, füllten sie ihn nach. Nachdem er sich zum drittenmal hatte auffüllen lassen, spürte Julian, daß es an der Zeit war, langsam zu tun. Das Zeug stieg ihm allmählich in den Kopf.

Nach dem Essen nahm er sich Zeit, Tiggurran und seine Gastfreundlichkeit in den höchsten Tönen zu loben. Das fiel ihm nicht schwer. Der Alkohol hatte seine Zunge genügend gelockert. Tiggurran war über die kleine Ansprache hoch erfreut und erwiderte sie mit ein paar Sätzen, in denen sich Arek und Interkosmo zu einem solchen Kauderwelsch vermischten, daß Julian kein Wort davon verstand.

Sifter hatte inzwischen das Triebwerk warmlaufen lassen. Kalep war plötzlich verschwunden und nirgendwo zu sehen. Dafür trug Sifter ein hinterhältiges Grinsen zur Schau, das Julian richtig zu deuten glaubte. Joe Kalep erschien eine Viertelstunde später und war ziemlich außer Atem.

»Verzeihung, Sir«, murmelte er, »aber ich ...«

Es war das erste Mal, daß Joe Kalep nicht wußte, was er sagen sollte. Julian schlug ihm lachend auf die Schulter und schob ihn in Richtung der Tragfläche.

»Solange Ihre Freundin mit einem Fünfzehn-Minuten-Stelldichein zufrieden ist, haben wir keinen Grund zur Klage«, sagte er freundlich.

Tiggurran stand am Feuer und winkte ihnen nach. Die Frauen winkten ebenfalls. Es war ein äußerst herzlicher Abschied. Julian glaubte nicht fehlzugehen, wenn er annahm, daß es in der Hauptsache Kalep und Sifter zu verdanken war, daß die Eingeborenen so rasch Zuneigung zu den Terranern gefunden hatten, die in Wirklichkeit nichts weiter als Eindringlinge waren. Er bedauerte es, daß es unter den Feldexperten des Siedlungsamtes nicht mehr Männer wie Kalep und Sifter gab – und so verdammt viele von Pete Baermans Sorte, die zwar ihren Beruf beherrschten, aber unter der kleinsten seelischen Anspannung zerbrachen.

Während er den Haltegurt festzurrte, kam ihm zu Bewußtsein, daß er schon am ersten Tag seines Aufenthalts die Siedler in Kategorien eingestuft hatte und zu wissen glaubte, wie sie sich unter gewissen Bedingungen verhalten würden. Da waren Kalep und Sifter – umsichtig, mit der Umwelt vertraut, mutig. Dann Pete, labil und unzuverlässig, und Doreen, mannstoll und dumm. Nur für einen einzigen konnte er kein passendes Schema finden – Doc Lorran. Er war tüchtig, und auf den ersten Blick hatte er so gewirkt, als vereinige er in sich die ganze Autorität der kleinen Siedlung. Inzwischen war Julian sich dessen nicht mehr so sicher, und je länger er darüber nachdachte, desto mehr kam ihm Lorran wie ein Mann vor, der nicht so ganz in das Siedlungsprojekt paßte.

Die Maschine war inzwischen gestartet und jagte in geringer Höhe über das Land dahin. Joe Kalep, der wie zuvor das Ortergerät bediente, konnte die Gestalten der beiden Kranken ausmachen, die sich inzwischen sechs Kilometer von Tiggurrans Dorf entfernt hatten und beim Geräusch des Triebwerks versuchten, ein Versteck zu finden.

»Das ist merkwürdig«, murmelte Kalep vor sich hin.

Julian hörte ihn, obwohl er tief in Gedanken versunken war.

»Was ist merkwürdig?« wollte er wissen.

»Wenn ein Arek sich auf Wanderschaft begibt«, antwortete Kalep, »dann benutzt er dabei eine ganz eigenartige Technik. Er geht nicht den geradesten Weg, auch wenn der eben und hindernisfrei sein sollte. Er richtet sich nach Wegmarken – einem besonders hohen Baum, einem Felsstück, einem Flußlauf. Diese Wegmarken sind seinem Stamm seit Generationen bekannt. Kein Arek geht mehr als einen Kilometer, ohne sich eine Wegmarke zurechtzulegen, die er auf dem Rückweg wiedererkennen und an der er sich orientieren kann. Da solche Marken nun mal nicht in gerader Linie zu finden sind, bewegt er sich im Zickzack, braucht doppelt so lange wie ein Terraner, um sein Ziel zu erreichen, weiß aber jederzeit, wo er sich befindet.«

»Aha«, machte Julian. »Und diese beiden dort unten verstoßen gegen die gute Sitte?«

»Genau. Ich kenne die Wegmarken zwischen Tiggurrans Lager und Rivertown. Die erste liegt ziemlich weit nach Osten herüber. Die beiden Kranken haben sich überhaupt nicht um sie gekümmert. Sie bewegen sich auf einer geraden Verbindungslinie zwischen dem Lager und der Stadt.«

Julian dachte darüber nach. Das Verhalten der Kranken wurde plausibel, wenn man bereit war anzunehmen, daß sich in ihren Gehirnen etwas eingenistet hatte, was ihnen seinen Willen aufzwang.

Plötzlich hatte er eine verrückte Idee. Wenn sich ein Fremdkörper im Gehirn der kranken Areks befand, dann mußte man ihn finden können. Er würde Doc Lorran um Rat fragen. Die Sache war wichtig.

Als die Maschine kurze Zeit später in Rivertown landete, schickte er Kalep und Sifter nach Hause und riet ihnen, sich auszuruhen. Er wartete, bis sie gegangen waren, dann machte er sich auf den Weg zu Lorrans Haus.

Lorran schlief, und zwar so gesund, daß Julian zehn Minuten lang an der Tür rütteln mußte, bevor er Antwort bekam. Lorran machte ein indigniertes Gesicht, als er öffnete, aber sobald er Julian erblickte, war er die Freundlichkeit selbst.

Julian entschuldigte sich wegen der Störung.

»Ich habe da eine Sache, die keinen Aufschub duldet«, fuhr er fort. »Ich möchte, daß Sie dem Arek den Schädel aufschneiden.«

6.

Lorran fuhr zurück, als hätte der Blitz vor ihm eingeschlagen.

»Den Schädel aufschneiden ...«, echote er fassungslos.

»Ganz richtig. Sind Sie hier für Gehirnchirurgie eingerichtet?«

Lorran nickte stumm.

»Gut. Dann kann die Operation durchgeführt werden, ohne daß der Arek dabei Schaden erleidet. Wann können Sie anfangen?«

Der Arzt erholte sich langsam von seiner Überraschung.

»Ich muß eine Reihe von Vorbereitungen treffen«, murmelte er und kratzte sich hinterm Ohr.

»Außerdem müssen Sie sich ausschlafen«, riet ihm Julian. »Ziehen Sie das in Betracht.«

Lorran warf einen Blick auf die kleine Wanduhr, die hinter ihm im Hausflur hing.

»Fast sieben Uhr«, überlegte er. »Sagen wir – um dreizehn Uhr? Eine Stunde nach Sonnenaufgang?«

Julian nickte.

»Einverstanden. Ich bin eine halbe Stunde vorher hier.«

Er verabschiedete sich und ging langsam die breite Straße hinunter. Die Nacht war noch immer warm. Filchner war eine paradiesische Welt. Julian stellte sich vor, daß es in fünfzig Jahren in Rivertown vor Leben und Geschäftigkeit wimmeln würde. Dabei fiel ihm ein, daß dies nur eine der zwei Möglichkeiten war, die sich im Augenblick anboten.

Die andere war, daß die Fremden aus der Humdinger-Ballung Filchner angriffen und die Siedlung vernichteten. Dann würde es hier in fünfzig Jahren noch viel stiller sein als im Augenblick.

Er war nur noch hundert Meter von dem Haus entfernt, in dem die Siedler ihn und Meech untergebracht hatten, als aus dem Halbdunkel plötzlich eine Gestalt neben ihm auftauchte. Julian reagierte instinktiv. Als besäße er eigenes Leben, glitt ihm der Blaster in die Hand. Der Lauf schwenkte nach oben und richtete sich auf den Unbekannten.

»Nicht schießen ...!« gellte ein erstickter Schrei.

Julian erkannte Pete Baermans Stimme.

»Kommen Sie näher!« befahl er ihm. »Und versuchen Sie sowas kein zweites Mal. Ich bin in dieser Hinsicht sehr empfindlich.«

Pete trat vor ihn. Er wirkte genauso unordentlich wie drei Stunden zuvor, als er auf dem Landefeld seine Beschuldigungen gegen Meech Hannigan erhoben hatte. Das verschwitzte Gesicht verriet Angst und Hysterie. Petes Hilflosigkeit war so deutlich, daß Julian plötzlich Mitleid empfand.

»Sie wollten mit mir sprechen?« erkundigte er sich.

»Ja«, stieß Pete hervor. »Ich wollte Sie bitten, Filchner wieder zu verlassen, Sir.«

Julian war so überrascht, daß ihm keine geeignete Erwiderung einfiel. Pete nahm die Gelegenheit wahr, weiterzusprechen.

»Es gibt keinerlei Beweise dafür, daß uns Gefahr droht, Sir«, sprudelte er hervor. »Alles basiert nur auf Vermutung und Hypothese. Wovor fürchten wir uns eigentlich? Vor einem kleinen Fetzen interstellarer Materie, der sich zufällig in Richtung unseres Planeten bewegt. Weiter nichts. Wir haben nicht den geringsten Anhaltspunkt dafür, daß die Humdinger-Wesen etwas mit dem Nebel zu tun haben. Das alles sind nur Hirngespinste.«

Julian ließ ihn ruhig reden. Pete schwieg schließlich, weil sein Vorrat an Argumenten ausgegangen war. Fragend und ein wenig verwirrt sah er sein Gegenüber an.

»Nun – was sagen Sie?«

»Gehen wir von der Annahme aus, daß Sie recht haben«, antwortete Julian, »inwiefern könnte unsere Anwesenheit Ihnen schaden? Wir blieben nur solange hier, bis wir uns vergewissert hätten, daß Filchner wirklich keine Gefahr droht. Eine Stunde später wären wir schon wieder unterwegs.«

»Aber wenn es doch nicht nötig ist ...«, protestierte Pete hilflos. »Ich sehe nicht ein ...«

»Ich will Ihnen was sagen«, unterbrach Julian ihn grob. »Sie möchten uns so rasch wie möglich wieder loswerden, weil Sie Angst haben, einer von uns stiehlt Ihre Frau. Ich weiß nicht, wie weit Sie sich in dieses Hirngespinst verrannt haben, aber wenn Sie sich fünf Minuten zum Nachdenken nehmen, müßten Sie eigentlich von selbst darauf kommen, daß ein terranischer Solarmarschall nicht umhergeht und fremde Frauen verführt. Und was Meech Hannigan anbetrifft – er ist ein Roboter.«

Pete starrte ihn verblüfft an. Er hatte nicht gewußt, daß Meech ein Robot war. Aber seine Überraschung verflüchtigte sich schnell. Mit bitterer Miene stieß er hervor:

»Ich habe nicht die Absicht, mich von Ihnen beleidigen zu lassen. Mir stehen andere Mittel zur Verfügung, Sie zum Verlassen dieser Welt zu zwingen.«

Damit wandte er sich um und verschwand in der Dunkelheit. Julian sah ihm kopfschüttelnd nach, dann setzte er den Weg zum Haus fort. Meech öffnete ihm die Tür.

»Ich sehe Sie verwirrt, Sir«, erklärte er ruhig und sachlich.

Julian fuhr sich über die Stirn und sah ihn verwundert an. Dann fing er an zu lachen.

»Ich werde mich daran gewöhnen müssen, daß eine Maschine mein Mienenspiel besser deuten kann als sonst jemand«, meinte er.

Dann berichtete er Meech von der Begegnung mit Pete.

»Der Mann wird uns noch manchen Kummer bereiten«, schloß er.

»Sie verstehen, worauf er mit seiner letzten Bemerkung anspielte?«

Julian nickte.

»Natürlich. Das Siedlungsgesetz enthält eine Klausel, wonach die Einmischung offizieller Instanzen in den Entwicklungsprozeß einer Kolonie während einer bestimmten Zeitspanne unzulässig ist. Damit droht er mir.«

»Es wäre wichtig zu wissen«, fuhr Meech fort, »was sein wahres Motiv ist.«

Julian sah ihn an.

»Seine Frau natürlich, was sonst?«

Meech schüttelte in vollendet menschlicher Manier den Kopf.

»Verzeihung, Sir – aber das ergibt keinen Sinn.«

Julian lachte ärgerlich.

»Was weißt du Blechding schon über Frauen und Männer und ihre Sorgen!«

»Ich besitze eine ausgezeichnete Kombinierfähigkeit, Sir«, antwortete Meech, und Julian bildete sich ein, sein Tonfall habe einen beleidigten Klang angenommen. »Die logische

Folgerung besagt, daß Pete Baerman, falls er normalen Verstandes ist, sich selbst ausrechnen kann, daß seiner Frau von uns keine Gefahr droht. Wenn er sich trotzdem widerspenstig gebärdet, dann muß er einen anderen Grund haben.«

»Sehr gut gefolgert«, lobte Julian. »Aber wo ziehst du die Grenze zwischen normal und nicht normal? Ich sage dir, daß im Laufe der Geschichte der Menschheit mehr Männer, die sonst recht vernünftig waren, der Frauen wegen mehr Unsinn angestellt haben, als du in einer Minute zusammenzählen kannst.«

Meech schwieg. Das war ein Zeichen dafür, daß Julian ihn nicht hatte überzeugen können. Er verzichtete aus Gründen der Höflichkeit, die Diskussion weiterzuführen. Julian beschloß, noch ein paar Stunden zu schlafen.

»Diese Tageseinteilung bringt mich ganz durcheinander«, beklagte er sich. »Ich kann mit einer fünfundzwanzig Stunden langen Nacht einfach nichts anfangen.«

Er lag noch eine Stunde lang wach, bevor es ihm gelang einzuschlafen, währenddessen zerbrach er sich den Kopf über Pete Baermans seltsames Benehmen. Er fragte sich, ob Pete womöglich an demselben Übel leide wie der Arek, den Darrel Sifter auf der Algier-Ebene aufgelesen hatte, und die beiden Kranken aus Tiggurrans Lager – nur eben, daß es sich bei ihm anders äußerte als bei den Areks.

Meech weckte ihn, als die Sonne aufging. Trotz der langen Ruhe fühlte Julian sich zerschlagen. Er nahm ein knappes Frühstück zu sich und machte sich dann auf den Weg zu Doc Lorran. Lorran hatte den Arek zur Operation bereitgemacht.

»Haben Sie eine bestimmte Vorstellung, Sir«, fragte er Julian, »wonach wir suchen?«

Julian gestand, er hätte nicht die geringste Ahnung. Lorran seufzte und rückte ein kompliziert aussehendes Gerät dicht an den Operationstisch heran, auf dem der Arek in tiefer Narkose lag.

»Das ist das Modernste, was die medizinische Kunst der Erde zu bieten hat«, erklärte er. »Eine selbsttätige Gehirnsonde.« Er hob ein Ding, das wie eine zweizinkige Gabel aussah und an einem spiraligen Kabel hing, in die Höhe und zeigte es Julian. »Dieses Instrument ist aus korrosionsfreiem Metallplastik hergestellt. Die Zinken der Gabel laufen zu Spitzen aus, die nur ein Zehntausendstelmillimeter durchmessen. Trotzdem sind sie von enormer Festigkeit. Weiter oben in der Gabel sitzen je ein Mikrowellensender und -empfänger. Eine der Zinken überträgt die Mikrowellen durch die Gehirnmasse an die andere. Jeder Fremdkörper, der in die Bahn des Mikrowellenstrahls gerät, wird sofort registriert. Die Sonde, einmal eingestellt, bewegt sich selbständig durch die Furchen des Gehirns und schaltet nicht eher ab, als bis der gesamte Gehirnkomplex Millimeter für Millimeter durchsucht worden ist. Es sei denn, sie findet etwas Ungewöhnliches. Dann gibt sie ein Alarmsignal.«

Julian zeigte sich beeindruckt.

»Aber eine Operation ist trotzdem notwendig?« erkundigte er sich.

»Ja, natürlich – ich muß die Schädelplatte öffnen.«

»Wie gefährlich ist das? Für den Patienten, meine ich?«

Lorran lächelte wie ein Lehrer, der von einem Schüler gefragt wurde, ob er zwei und zwei zusammenzählen könne.

»Wir sind, Gott sei Dank, soweit, daß eine Öffnung der Schädelplatte nicht mehr das geringste Risiko birgt. Der Arek wird später nicht einmal feststellen können, daß überhaupt eine Operation erfolgte. Es sei denn, er nähme ein Mikroskop zu Hilfe.«

Julian dachte einen Augenblick nach.

»Ausgezeichnet«, sagte er dann. »Am besten fangen wir gleich an.«

Doc Lorran schob ein zweites Gerät herbei. Julian wandte sich ab und trat an das Fenster, das auf die Straße hinausführte. Weiter oben an der Straße sah er das Sendegebäude mit seiner grotesken Antenne. Ein frischer Wind war aufgekommen und trieb kleine, tanzende Staubwolken vor sich her. Die Temperatur stieg rasch. Lorrans Klimaanlage schaltete sich mit leisem Surren ein.

»So – das wäre es!« meldete Lorran sich triumphierend. Als Julian sich umdrehte, hob er einen gläsernen Behälter, in dem ein Stück Schädelplatte in konservierender Lösung schwamm. »Jetzt zu der Sonde.«

Julian sah ihm zu, wie er die Gabel vorsichtig in den Schädel des Arek einführte. Das obere Ende des Instruments befand sich in einer gelenkigen Halterung, die den beiden Zinken volle Bewegungsfreiheit gab, während sie die Gabel als solche festhielt und sie davor bewahrte abzurutschen. Der Gerätekasten, mit dem die Gabel durch das Kabel verbunden war, erwachte mit hellem Singen zum Leben. Die Zinken begannen sich zu bewegen.

Eine Zeitlang verfolgte Julian den Vorgang mit wacher Aufmerksamkeit. Dann verlor er das Interesse und wandte sich wieder dem Fenster zu. Etwas, das er fast vergessen hatte, fiel ihm wieder ein. Die beiden Kranken aus Tiggurrans Stamm würden über kurz oder lang in Rivertown erscheinen. Vorsorge mußte getroffen werden, daß sie keinen Schaden anrichten konnten. Außerdem gab es keinen Grund zu der Annahme, daß der Arek auf dem Operationstisch und die beiden aus Tiggurrans Volk isolierte Einzelfälle seien. Wahrscheinlich würden im Laufe der nächsten Tage immer mehr Areks von der Krankheit befallen werden und sich nach Rivertown wenden. Man mußte sich dagegen vorsehen.

Hinter ihm schrillte eine Klingel, und Doc Lorran stieß einen überraschten Schrei aus. Julian fuhr herum.

»Die Sonde ...!« stieß Lorran hervor. »Wir haben etwas gefunden.«

Die Bewegung der beiden Gabeln war zum Stillstand gekommen. An dem Schaltkasten brannte ein rotes Warnlicht.

»Können Sie es herausholen?« fragte Julian.

Lorran nickte hastig. Er nahm ein paar Schaltungen an dem Kasten vor. Langsam, unendlich behutsam hoben die Zinken sich aus der Gehirnmasse. Fast zehn Minuten vergingen, bevor die spitzen Enden am Rand der Schädelöffnung sichtbar wurden. Inzwischen war Lorran mit einem kleinen, sterilisierten Glasbehälter zur Stelle.

Julian beugte sich nach vorn, aber so sehr er sich auch anstrengte, er konnte zwischen den beiden Zinken, die sich jetzt eng aneinandergepreßt hatten, nichts erkennen.

»Sind Sie sicher ...«, begann er Lorran zu fragen.

»Aber ja«, hauchte der Arzt, als hätte er Angst, ein lautes Wort könnte den Erfolg zunichtemachen. »Es ist mikroskopisch klein. Wir müssen es auf einen Objektträger ...«

Er sprach nicht weiter. Die beiden Gabelzinken schwenkten über den Glasbehälter und öffneten sich. Lorran schloß den Deckel des Behälters. Dann hob er ihn triumphierend in die Höhe.

»Wir haben es!« rief er.

Er trug das kleine Kästchen zu einem Tisch, auf den ein Mikroskop montiert war. Dann kehrte er zum Operationstisch zurück und setzte dem Arek das herausgeschnittene Stück Schädelplatte wieder ein. Die Schnittstelle bestrich er mit einer grünen Emulsion, dann legte er einen kleinen Verband an.

»Ich hätte nie gedacht, daß es so einfach ist«, murmelte Julian.

Lorran antwortete nicht. Der unerwartete Fund hatte ihn in Aufregung versetzt. Er schob den kleinen Glasbehälter, der dank seiner optischen Beschaffenheit gleichzeitig als Objektträger diente, unter das Mikroskop. Er drückte einen Schalter, und an der Wand hinter dem Tisch leuchtete eine Projektionsfläche auf.

Lorran bewegte den Behälter unter dem Objektiv hin und her, indem er vorsichtig mit dem Zeigefinger dagegenklopfte. Lange Zeit blieb das Bild leer, aber plötzlich erschien am Rand der Projektionsfläche ein blasses, kugelförmiges Gebilde. Die Mikroskopeinstellung korrigierte sich selbsttätig. Die Umrisse der Kugel wurden scharf.

»Aah ...«, machte Lorran, und in seiner Stimme schwang Enttäuschung.

Das Ding sah aus wie ein Wassertropfen. Es hatte deutliche Konturen, aber in seinem Innern war nichts zu erkennen.

»Ist es das, wonach Sie suchten, Sir?« fragte Lorran.

»Wie ich schon sagte – ich weiß es nicht«, brummte Julian.

Er hatte eine Idee.

»Wie lange wird der Arek brauchen, bis er aufwacht?« erkundigte er sich.

Lorran zuckte mit den Achseln.

»Zwei, drei Stunden, wohl kaum länger.«

»Gut. Da wir nicht wissen, ob wir wirklich gefunden haben, wonach wir suchen, werden wir einfach warten, bis der Arek wieder zu sich kommt. Benimmt er sich normal, dann ist diese Kugel hier für seine Krankheit verantwortlich. Spielt er weiterhin verrückt – nun, dann haben wir keinen Erfolg gehabt.«

»Ausgezeichnete Idee«, stimmte Lorran zu. »Aber inzwischen ...«

»Wie groß ist das Ding eigentlich?« unterbrach ihn Julian.

Die Projektionsfläche war mit einer Skaleneinteilung versehen. Lorran las sie ab.

»Dreieinhalb tausendstel Millimeter.«

»Dreieinhalb Mikron«, murmelte Julian und fügte voller Überzeugung hinzu: »Das ist verdammt klein.«

Lorran wurde plötzlich nachdenklich.

»Was ist?« wollte Julian wissen.

»Das – das Ding«, stotterte Lorran, »muß über eine Art Ausstrahlung verfügen. Als inerter Fremdkörper allein ist es viel zu winzig, um in einem gesunden Gehirn eine nennenswerte Störung hervorzurufen.«

»O ja«, gab Julian zu. »Schließlich wissen wir, daß es kein inerter Fremdkörper ist. Es wurde von den Humdinger-Leuten auf Filchner abgesetzt.«

Lorran sah ihn mißtrauisch an.

»Glauben Sie das wirklich, Sir?«

Julian horchte auf. War da noch einer, der die Gefahr nicht sehen wollte?

»Ja, das glaube ich«, antwortete er mit Nachdruck. »Und wenn sich meine Ansicht als falsch herausstellen sollte, dann wird niemand glücklicher darüber sein als ich. Aber im Augenblick können wir es uns einfach nicht leisten, etwas anderes zu glauben. Verstehen Sie das?«

Lorrans Antwort bekam Julian nie zu hören. Der Mikrokom an seinem Handgelenk gab ein surrendes Geräusch von sich. Julian hob die Hand in Gesichtshöhe.

»Empfangsbereit«, sagte er. »Komm rein, Meech!«

»Ich registriere hyperenergetische Streufelder, Sir«, meldete der Robot. »Jemand ist dabei, den Hypersender in Betrieb zu nehmen.«

Julian erinnerte sich plötzlich an die Begegnung mit Pete Baerman. Pete hatte ihm gedroht. War er jetzt dabei, seine Drohung wahrzumachen?

»Auf dem schnellsten Weg zum Sendegebäude, Meech!« befahl er. »Wir sehen uns dort. Ende.«

Lorran starrte ihn an.

»Jemand hat den Hypersender in Betrieb genommen«, erklärte Julian. »Pete drohte mir vergangene Nacht damit, daß er die nötigen Schritte unternehmen würde, um mich von

Filchner zu entfernen. Ich fürchte, das war kein leeres Geschwätz. Kommen Sie!«

Lorran hielt ihn am Ärmel fest, als er sich zum Ausgang wandte.

»Aber das macht doch nichts«, rief er. »Pete wird sich höchstens lächerlich machen, das ist alles.«

Julian blitzte ihn an.

»Sie haben regelmäßige Sendezeiten, nicht wahr? Wir müssen von der Annahme ausgehen, daß die Humdinger-Leute diese Zeiten kennen – wenn sie nicht gar in der Lage sind, die Sendung selbst zu verstehen. Nehmen Sie das als gegeben an. Was, glauben Sie, wird geschehen, wenn Pete in alle Welt hinausposaunt, daß sich hier auf Filchner ein offizieller Beauftragter der Regierung befindet, den er gerne loswerden möchte?«

Lorran wiegte den Kopf.

»Nun – die Humdinger-Leute werden vielleicht in Panik geraten und umkehren, weil sie merken, daß ihre List durchschaut ist.«

»Das ist *eine* Möglichkeit«, schnappte Julian. »Die andere ist, daß sie den Angriff beschleunigen und anstatt in neun Tagen schon in vier über Filchner auftauchen.«

Lorran wurde blaß.

»Sie haben recht, Sir«, keuchte er, »Ich komme sofort mit!«

Von Doc Lorrans Haus bis zum Sendegebäude waren es nur zweihundert Meter. Sie bewegten sich im Laufschritt, aber noch bevor sie den Eingang erreichten, kam etwas die Straße entlanggefegt, eine Staubwolke hinter sich herziehend und so schnell, daß seine Umrisse kaum zu erkennen waren. Vor dem Portal, das ins Innere des Gebäudes führte, verfiel es in einen etwas gemächlicheren Trab. Die Staubwolke verzog sich, und Meech Hannigan kam zum Vorschein, mit einem freundlichen Lächeln auf dem Gesicht.

»Ich habe mich beeilt, Sir, wie befohlen«, erklärte er.

Julian nickte ihm zu. Dann warf er einen Blick auf Lorran. Außer Doreen Baerman war Lorran der einzige, der noch nichts von Meechs wahrer Natur wußte. An Lorrans Miene war deutlich zu erkennen, wieviel Mühe es dem Arzt machte, das soeben beobachtete Phänomen geistig zu verarbeiten.

Meech hatte sich mit einer Geschwindigkeit bewegt, die ihm alle Kurz- und Langstreckenrekorde einbringen mußte, wenn er sich je zum Wettkampf stellte.

An dem verdutzten Lorran vorbei schritt Julian durch das offene Portal. Drinnen umfing ihn das geschäftige Summen der Generatoren, die die gewaltigen Energien für die Hypersendung erzeugten. Die Sendehalle enthielt mehrere Schaltpulte, die unregelmäßig und mit weiten Zwischenräumen über den ganzen Raum verteilt waren.

An einem davon saß Pete Baerman und war mit seinen Schaltungen so beschäftigt, daß er die Eintretenden nicht bemerkte. Julian sah zu seiner Befriedigung, daß er mit der Sendung noch nicht begonnen hatte. Er ließ Meech und Lorran hinter sich zurück und schritt auf das Pult zu. Pete Baerman machte den Eindruck eines Mannes, der genau wußte, was er tat, und dabei Befriedigung empfand.

Er hörte Julian, als er bis auf drei Schritte heran war. Er drehte sich um und erstarrte mitten in der Bewegung, als er sah, wer da kam. Einer der Generatoren heulte auf, als die Schaltung, die Pete gerade hatte vornehmen wollen, nicht erfolgte.

Julian reichte an ihm vorbei und drückte den Schalter. Der Generator beruhigte sich. Pete saß mittlerweile auf der Kante des Sessels, als wartete er auf eine günstige Gelegenheit zum Ausreißen – das Gesicht eine Grimasse aus Angst und Zorn.

»Stehen Sie auf!« befahl ihm Julian.

Pete gehorchte mechanisch.

»Sie kennen die Situation«, sagte Julian mit gefährlicher Ruhe. »Sie wußten, welchen Schaden Sie anrichten konnten, wenn Sie den Sender in Betrieb nahmen.« Pete antwortete nicht.

»Ich hab die Nase von Ihnen voll«, sagte Julian. »Und damit wir uns von jetzt an richtig verstehen ...«

Seine Faust schoß nach vorn und traf Pete am Kinn. Pete kippte nach hinten und fiel bewußtlos zu Boden.

Julian Tifflor drehte sich um.

»Das war meine letzte Handlung als Privatmann«, erklärte er mit lauter Stimme. »Von jetzt an liegt die Leitung der Kolonie offiziell in meiner Hand. Sektion fünfzehn, Abschnitt einhundertundelf des Siedlungsgesetzes, falls jemand an meiner Berechtigung zweifeln sollte.«

»War das nötig?« fragte ihn Doc Lorran auf dem Rückweg zu seinem Haus. »Jedermann weiß, daß Pete nicht der Zuverlässigste ist, sobald die Lage kritisch wird. Aber mußten Sie ihn so behandeln, Sir?«

»Wie hätten Sie ihn behandelt, Doc?« wollte Julian wissen.

Lorran wackelte mit dem Kopf.

»Nun, ich hätte ihm zugeredet ...«

»Das habe ich vergangene Nacht getan«, unterbrach ihn Julian. »Es half nichts. Er hatte eine vorgefaßte Meinung und hörte mir nicht einmal zu. Vielleicht könnte ich ihn im Laufe eines Monats dazu bringen, daß er mir glaubt. Aber wir haben keinen Monat Zeit. Das ist unser Problem.«

Lorran nickte zögernd.

»Ja, ich verstehe«, murmelte er.

Sie schwiegen, bis sie Lorrans Haus erreichten. Als er die Tür öffnete, sagte der Arzt:

»Jetzt bin ich wirklich gespannt, was wir unter dem Mikroskop zu sehen bekommen. Ich meine, bei wirksameren Vergrößerungen, wenn nötig unter dem Elektronen-Mikroskop.«

Julian spürte, daß er es nur sagte, um überhaupt etwas zu sagen. Er war froh, daß sich eine Gelegenheit zum Wechseln des Themas ergab.

Sie betraten die Ordination. Lorran schritt hinüber zum Mikroskoptisch. Etwa zwei Meter davor blieb er stehen, als wäre er gegen eine unsichtbare Wand gerannt. Julian hörte ihn ein überraschtes Brummen ausstoßen. Er schob Lorran beiseite und trat auf den Tisch zu.

Etwas knirschte unter seiner Sohle. Vorsichtig wich er einen Schritt zurück. Der Boden war mit Glassplittern übersät. Irritiert warf er einen Blick auf das Mikroskop. Der Behälter, in dem sich die merkwürdige Kugel befunden hatte, war verschwunden. Nur noch Splitter lagen umher. Die meisten davon waren auf den Boden gefallen.

Julian wandte sich um. Sein Gesicht war bitter ernst.

»Ich möchte gerne allen, die an der Existenz einer Gefahr zweifeln, diesen Anblick hier vorführen können«, sagte er, und seine Worte fielen schwer und hart wie Hammerschläge.

Lorran war aschfahl. Aus großen Augen, aus denen Panik und Unglaube schimmerten, starrte er Julian an.

»Das fremde Objekt muß sich mit der Wucht einer Explosion befreit haben«, stellte Julian sachlich fest. »Der Behälter war so groß, daß hunderttausend seiner Art hineingepaßt hätten. Trotzdem hat es die Wände gesprengt, als wären sie aus Seidenpapier. Sehen Sie ...«, er bückte sich und hob einen Splitter auf, der wenigstens sechs Meter vom Mikroskoptisch entfernt lag, »... bis *hierher* wurde das Zeug geschleudert.«

Lorran rührte sich noch immer nicht. Julian nützte die Zeit, um sich in der Ordination umzusehen. Nicht schien sich verändert zu haben, seit er den Raum vor zwanzig Minuten verlassen hatte. Die kleine, fremde Kugel hatte außer den Splittern des Behälters keine Spur zurückgelassen.

Der Arek lag immer noch reglos auf dem Operationstisch. Julian packte Lorran an der Schulter und schüttelte ihn.

»Kommen Sie zu sich«, herrschte er ihn an. »Ich brauche Ihre Hilfe.«

Lorran starrte ihn an, als wäre er eben vor ihm aus dem Nichts entstanden.

»Bevor wir etwas unternehmen«, erklärte ihm Julian, »muß ich wissen, was mit dem Arek los ist. Sie können ihn vorzeitig aus der Narkose befreien, nicht wahr?«

Lorran nickte hastig.

»Ja – ja, natürlich«, stieß er hervor.

Im nächsten Augenblick lief er zu einem der Medikamentenschränke, die in der Nähe der Tür aufgestellt waren.

»Bedeutet die Prozedur ein Risiko für den Kranken?« erkundigte sich Julian.

Lorran entnahm dem Schrank eine fertig aufgezogene Spritze.

»Nein, nein – natürlich nicht«, murmelte er.

Er gab dem Bewußtlosen eine Injektion.

»Wie lange?« fragte Julian knapp.

»Eine Minute.«

Der Arek begann sich zu regen. Er drehte den Kopf von einer Seite zur andern, und die Hände zuckten unruhig. Schließlich öffnete er die Augen. Eine Zeitlang wußte er offenbar nicht, wo er sich befand. Dann sah er die beiden Fremden sich über ihn beugen und wollte in die Höhe fahren. Die Anschnallgurte hielten ihn fest.

»Wer bist du?« fragte Julian in dem Dialekt, den Loggallans Leute sprachen.

Der Arek kniff die Augen zu schmalen Schlitzen zusammen. Er sah aus wie einer, der sich krampfhaft bemüht, seine Erinnerung wiederzugewinnen.

»Nicht verstehen gut ... Sprache«, antwortete er in demselben Idiom, unbeholfen und mit schwer verständlicher Aussprache. Offensichtlich kannte er nur ein paar Worte von Loggallans Dialekt.

Julian wandte sich um.

»Laufen Sie und holen Sie Kalep oder Sifter«, befahl er Lorran.

Lorran stürmte davon. Zehn Minuten später war er mit Sifter zurück. Der Lange beugte sich über den Operationstisch und sprach ruhig und freundlich auf den Arek ein. Der Arek entspannte sich und begann zu antworten. Er sprach fließend und zusammenhängend.

Sifter richtete sich schließlich auf. Er wirkte ratlos.

»Er behauptet, er wüßte nicht, wie er hierherkäme. Er weiß nicht, wer wir sind, und glaubt an irgendeinen mächtigen Zauber, der ihn hierher verschleppt hat. Bitte, Sir, ich verstehe ...«

Julian winkte ab. Sifter schwieg sofort.

»Lorran – ich möchte, daß Sie ab sofort von jedem Bewohner der Siedlung in Abständen von sechs Stunden ein Enzephalogramm anfertigen. Schließen Sie mich ein. Wir sind insgesamt sechs Leute. Sie nehmen sich also pro Stunde einen vor. Und zeigen Sie mir, wie das Gerät bedient wird, so daß ich *Sie* verarzten kann.«

»Ich ... ich begreife nicht«, stotterte Lorran.

»Der Arek ist völlig gesund«, fuhr Julian ihn an. »Die kleine Kugel, die wir unter dem Mikroskop sahen, ist der Erreger. Jetzt, in diesem Augenblick, bewegt er sich irgendwo frei herum. Jede Sekunde kann einer von uns befallen werden. Begreifen Sie jetzt?«

Julian ging nach Hause und gönnte sich eine halbe Stunde Nachdenken, um mit sich selbst ins reine zu kommen. Die

Dinge entwickelten sich schneller, als er erwartet hatte. Er mußte aufpassen, daß er den Anschluß nicht verlor.

Zunächst verfaßte er einen kurzen Codebericht, den Meech mit Hilfe des großen Hypersenders auf einer besonders vereinbarten Frequenz an die Flotte übermitteln würde.

Während Meech mit der Botschaft unterwegs war, unternahm Julian einen wenig erfolgreichen Versuch, sich in die Lage des unbekannten Gegners zu versetzen und die Logik, die sich hinter seiner Vorgehensweise verbarg, zu enträtseln. Eines schien sicher. Es kam den Humdinger-Wesen darauf an, die Bewohner von Filchner zu paralysieren, bevor der eigentliche Angriff erfolgte. Dazu bedienten sie sich mikroskopisch kleiner, kugelförmiger Gebilde, die in der Lage waren, Denk- und Verhaltensweise eines intelligenten Wesens völlig umzustülpen – nachdem sie sich im Gehirn des Wesens niedergelassen hatten.

Es war anzunehmen, daß die Humdinger-Leute über Filchner Bescheid wußten. Es mußte ihnen klar sein, daß es hier zwei verschiedene Zivilisationen gab – die Areks und die Terraner – und daß die Terraner diejenigen waren, von denen sie Widerstand zu erwarten hatten. Die logische Vorgehensweise wäre also gewesen, die fünf Siedler mit den merkwürdigen Mikrokugeln zu infizieren.

Statt dessen gab es bis jetzt nur kranke Areks. Er selbst hatte drei gesehen, aber der Himmel mochte wissen, wieviel mehr sich auf dem Marsch nach Rivertown befanden. Es schien einfach so zu sein, daß die Humdinger-Wesen die Kugeln nicht ausreichend genau zu steuern verstanden, als daß sie ein bestimmtes Ziel damit hätten treffen können. Sie verstreuten die Mikrogebilde wahllos über Filchner. Weitaus die meisten landeten harmlos in unbesiedeltem Gelände. Aber ein paar fanden ein Arek-Gehirn, in dem sie mit ihrer zerstörerischen Tätigkeit beginnen konnten. Die Wahrscheinlichkeit, daß eine der Kugeln direkt auf einem der wenigen Siedler landete, war denkbar gering.

Es schienen also statistische Erwägungen zu sein, die die Vorgehensweise des Gegners in diesem Stadium bestimmten. Julian war so gut wie überzeugt, daß die Humdinger-Leute die Reaktion der Areks auf die kugelförmigen Mikroorganismen nicht hatten vorausberechen können. Der Arek-Verstand reagierte auf die Beeinflussung durch den Fremdkörper so heftig, daß eine akute Geistesstörung eintrat. Diejenigen Areks, in deren Schädel sich eine Mikrokugel eingenistet hatte, waren also leicht zu erkennen – und die unheimliche Waffe, die der Feind gegen Filchner einsetzte, verlor dadurch den größten Teil ihrer Schlagkraft.

Mit wachsender Zuversicht machte Julian sich klar, daß er weiter nichts zu tun brauchte, als die Grenzen der Siedlung dauernd unter Beobachtung zu halten, um die Gefahr der Infizierung der Siedler auszuschalten. Diejenigen Areks, die sich unter dem Einfluß eines fremden Willens auf den Weg nach Rivertown gemacht hatten, würden an den Grenzen der Stadt zurückgewiesen werden.

Das war alles.

Julian war so erfreut von dem Resultat seiner Überlegungen, daß er sich einen Drink genehmigte. Er mixte ihn mit viel Sorgfalt und hatte das Glas kaum geleert, als Meech von der Sendestation zurückkehrte. Auf seinem Gesicht aus semibiologischer Plastik lag ein Ausdruck ernster Besorgnis. Meech Hannigan war der vollkommenste Roboter seiner Zeit. Er besaß Gesichtsmuskeln, mit denen er jede Grimasse zu schneiden und jede Miene aufzusetzen vermochte.

Julian sah ihm mißtrauisch entgegen, das leere Glas immer noch in der Hand.

»Was gibt's?« fragte er knapp.

»Der Spruch wurde befehlsgemäß aufgegeben, Sir«, antwortete Meech. »Bestätigung des Empfangs erfolgte sofort.«

»Na und? Das ist kein Grund, ein griesgrämiges Gesicht zu machen!«

»Nein, Sir«, bestätigte Meech.

Julian war verblüfft.

»Na – was denn sonst?«

»Sir«, sagte Meech, »etwa dreitausend verrückte Areks befinden sich im Anmarsch auf Rivertown. Sie sind noch rund fünfzehn Kilometer entfernt.«

7.

Das war's, dachte Julian.

Die Besessenen mochten leicht zu erkennen sein, aber wenn sie in zu großen Zahlen anrückten, dann half auch das nichts mehr.

»Woher weißt du das?« fragte er den Robot.

»Sifter war mit seiner Maschine unterwegs«, antwortete Meech. »Er kehrte sofort um, als er die Areks sah.«

»Haben sie sich organisiert, oder kommen sie ungeordnet?«

»Sie bilden eine Art Marschkolonne. Sifter sagt, sie singen unaufhörlich. Daran merkte er, daß sie verrückt waren.«

»Gut. Wo steckt Sifter jetzt?«

»Er ist wieder unterwegs. Er meinte, daß hinter den Dreitausend noch mehr kommen könnten, und wollte sich ein wenig umsehen.«

Julian lächelte vor sich hin. Wenn Sifter noch hier gewesen wäre, hätte er ihm eben diesen Auftrag gegeben.

Die Areks mußten aufgehalten werden. Auf keinen Fall durften sie in die Stadt gelangen. Julian wußte, daß es in Rivertown Vorrichtungen zur Erstellung eines Schirmfelds gab, das die Siedlung wie eine Glocke bedeckte. Aber er brauchte Hilfe, um sie zu bedienen.

Er wandte sich an den Robot.

»Finde Lorran und Kalep und bringe sie auf dem schnellsten Weg hierher!«

Meech schoß davon. Julian war sich darüber im klaren, daß die Errichtung eines Schirmfelds keine dauernde Lösung des Problems bedeutete. Die Areks würden sich rings um das Feld herum niederlassen. Der Schirm mußte von Zeit zu Zeit geöffnet werden, denn die Siedlung war auf die Verbindung mit der Außenwelt angewiesen. Jedesmal, wenn das Feld abgeschaltet wurde, würden ein paar Areks in die Stadt einbringen. Zusätzliche Sicherheitsmaßnahmen mußten also innerhalb der Siedlung getroffen werden. Um sie so wirksam wie möglich zu gestalten, mußte ermittelt werden, wie die Mikrokugeln sich von einem Gehirn zum andern übertrugen.

Julian stand plötzlich der Schweiß auf der Stirn. Vor ein paar Minuten noch hatte er geglaubt, fast alle Probleme gelöst zu haben. Jetzt auf einmal schien es, als gäbe es mehr Fragen, als eine Kompanie von Experten in einem Jahr beantworten konnte. Er hatte keine Kompanie von Experten, und anstelle eines Jahres standen ihm nur noch neuneinhalb Filchner-Tage zur Verfügung.

Meech kehrte mit Kalep und Doc Lorran zurück. Lorran wirkte unsicher und ein wenig eingeschüchtert. Er sah aus, als entwickelten sich die Dinge viel zu rasch für ihn.

Julian berichtete von Sifters Beobachtung. Kalep wußte schon Bescheid, aber Lorran war wie vor den Kopf geschlagen.

»Wir werden einstweilen einen Schutzschirm rings um die Siedlung errichten«, erklärte Julian. »Ich weiß, daß es die nötigen Vorrichtungen gibt, aber ich brauche Ihre Hilfe. Sobald der Schirm steht, werden wir uns andere Mittel einfallen lassen müssen. Ich möchte, daß jeder sein Gehirn anstrengt und mir jeden Plan mitteilt, den er für durchführbar und wirkungsvoll hält. Der Augenblick ist gekommen, in dem einer alleine nicht mehr viel ausrichten kann.«

Lorran hatte Fragen, aber Julian schnitt ihm das Wort ab. Sie hatten keine Zeit zu verlieren. Die Arek-Kolonne bewegte sich mit erstaunlicher Geschwindigkeit. Meech hatte einen Gleitwagen organisiert. Mit halsbrecherischer Geschwindigkeit fuhren sie zu einer kleinen, aber soliden Baracke dicht neben dem Sendegebäude. Hier war Kalep der Fachmann. Mit hastigen Worten erklärte er die Funktionen der einzelnen Aggregate, die im Innern des kleinen Gebäudes untergebracht waren.

Dann schaltete er den Schirmfeldprojektor ein und wartete, bis er sich aufgewärmt hatte und genügend Leistung aus dem Kraftwerk bezog. Mit einem Ruck legte er den großen Haupthebel um. Der Projektor war seit seiner Installation nie benutzt worden, aber man hatte ihn vorsichtshalber so justiert, daß er ein halbkugeliges Feld von einem Kilometer Durchmesser und fünfhundert Metern Höhe erzeugte, das die Siedlung von allen Seiten umgab.

Ein helles Summen ging von dem gedrungenen Gerät aus. Kalep wandte sich um und machte ein Gesicht, als hätte er soeben eine historische Tat begangen.

»Schirmfeld liegt an, Sir«, meldete er militärisch exakt.

Julian zwang sich zu einem Lächeln.

»Danke, Joe. Das verschafft uns eine Atempause.«

»Jawohl, Sir«, antwortete Kalep mit seiner hohen Stimme, »aber jetzt ist natürlich Sifter mit der Maschine draußen und hat keine Ahnung, daß das Feld steht. Wenn er zurückkommt, dann ...«

Julian winkte ab.

»Meech, du kümmerst dich darum«, wies er den Robot an. »Stifter erhält über Hyperfunk alle notwendigen Anweisungen. Wenn er zurückkehrt, wird das Feld eine Zeitlang ausgeblendet.«

Lorran hatte sich bis jetzt im Hintergrund gehalten. Als Julian sich an ihn wandte, zuckte er zusammen.

»Doktor, Sie haben eine neue Aufgabe. Wir müssen ein paar Areks gefangennehmen und die Mikrokugeln aus ihrem Gehirn entfernen. Wir müssen erfahren, was es mit den Kugeln auf sich hat und wie sie sich übertragen. Erst wenn wir das wissen, lassen sich wirkungsvolle Abwehrmaßnahmen treffen.«

Lorran nickte.

»Heißt das, daß das regelmäßige Anfertigen der Enzephalogramme im Augenblick nicht mehr so vordringlich ist?« erkundigte er sich.

»Auf gar keinen Fall«, antwortete Julian schärfer, als er beabsichtigt hatte. »*Alle* unsere Vorsichtsmaßnahmen sind umsonst, wenn es dem einen Mikrogebilde, das sich im Augenblick im Inneren der Siedlung befindet, gelingt, sich in eines unserer Gehirne einzunisten. Die Untersuchungen müssen unbedingt fortgeführt werden.«

»Dann möchte ich mich sofort entfernen«, erwiderte Lorran.

»Als Sergeant Hannigan mich rief, hatte ich gerade Doreen Baerman unter der Haube.«

Er wandte sich um und eilte heraus, noch bevor Julian seine Zustimmung geben konnte. Kalep sah ihm nach und lachte ärgerlich.

»Da geht er hin. Meine Maschinen haben ihm noch nie besonders gefallen.«

Julian ging nicht darauf ein. Meech war es inzwischen gelungen, mit Sifter Verbindung aufzunehmen. Zu der umfangreichen Innenausstattung des Roboters gehörte ein Mikrokom. Die Unterhaltung war unhörbar, da Meech die Modulation der Hyperwellen auf nicht-akustischem Wege besorgte und Sifters Antworten auf ähnliche Art verarbeitete.

»Die Maschine befindet sich im Augenblick einhundertfünfzig Kilometer südwestlich von Rivertown, Sir«, berichtete der Robot, nachdem die Sendung abgeschlossen war. »Weitere Arek-Trupps sind im Anmarsch auf die Siedlung, insgesamt etwa zehntausend Eingeborene. Sifter wird vor seiner Rückkehr frühzeitig signalisieren, so daß das Schirmfeld aufgehoben werden kann.«

Julian fühlte Erleichterung in sich aufsteigen. Wenigstens für den Augenblick schien die Gefahr gebannt. Sifter würde noch ein paar Stunden lang draußen bleiben und die Umgebung von Rivertown beobachten. Bis er zurückkehrte, mußte die zweite Phase des Abwehrplans ausgearbeitet sein.

Joe Kalep blieb in der kleinen Baracke zurück, um den Projektor zu überwachen. Julian händigte ihm ein Armband-Funkgerät aus, so daß er jederzeit mit ihm in Verbindung treten konnte. Dann fuhr er mit Meech nach Hause.

Die zwei Minuten Fahrt genügten ihm, um einen Plan wenigstens in groben Umrissen zu entwerfen. Die Siedlung besaß einen Vorrat an Nervengas, der zur Standardausrüstung jeder terranischen Siedlergruppe gehörte und eine wirksame Waffe für den Fall darstellte, daß die Eingeborenen des zur Besiedlung freigegebenen Planeten nicht so friedfertig waren, wie die Leute des Experimentalkommandos vorausgesagt hatten. Meech erhielt den Auftrag, die Nervengasbehälter in der Nähe des Schirmfeldrands zu postieren und Gasmasken an die Siedler auszuteilen. Sollten in dem Augenblick, in dem wegen Sifters Rückkehr das Schirmfeld ein paar Augenblicke lang ausgeschaltet wurde, eine Handvoll Areks in die Siedlung eindringen, dann würde man ihrer mit Hilfe des Gases schnell Herr werden.

Meech machte sich sofort an die Ausführung des Auftrags. Julian hatte das Haus noch nicht betreten, da raste der Robot schon wieder die staubige Straße entlang – auf dem Weg zum Lagerhaus am östlichen Ende der Siedlung.

Julian ging ins Haus und traf einige Vorbereitungen, die er für notwendig hielt. Er vergewisserte sich, daß die Handwaffe, die er ständig bei sich trug, voll geladen war. Er überprüfte seinen Mikrokom und das kleine UKW-Funkgerät, dessen Gegenstück er Joe Kalep gegeben hatte. Einer plötzlichen Eingebung folgend, nahm er eine stecknadelkopfgroße Mikrokapsel mit Antimnesin-D an sich. Er schob die Kapsel in den Mund und paßte sie in eine Lücke zwischen zwei Backenzähnen, wo er sie bei Bedarf mit der Zunge wieder hervorholen und zerbeißen konnte. Gab die Kapsel ihren Inhalt frei, begann das Medikament sofort zu wirken.

Antimnesin-D erzeugte sofortige Bewußtlosigkeit, zusammen mit einem zeitweiligen Verlust der Erinnerung. Die Bewußtlosigkeit hielt eine Stunde lang an, die Amnesie ebbte erst im Laufe einiger Tage allmählich ab, falls kein Gegenmittel gegeben wurde.

Julian war überzeugt, daß er die Kapsel brauchen würde, wenn es den verrückten Areks wider Erwarten doch gelingen sollte, in die Siedlung einzudringen. Sein Bewußtseinsinhalt durfte dem Gegner auf keinen Fall bekannt werden.

Er erinnerte sich, daß er eine Verabredung mit Doc Lorran hatte, und machte sich auf den Weg, ohne auf Meechs Rückkehr zu warten. Er war so in Gedanken versunken, daß er Doreen Baerman nicht bemerkte, die am Rande der Straße stand und ihm entgegensah. Als er vorübergehen wollte, rief sie ihn an.

»Hallo, Marschall – so bedrückt?«

Er sah auf. Doreen lächelte ihr freundlichstes Lächeln und kam auf ihn zu.

Julian war verwirrt.

»Nein, nur nachdenklich«, antwortete er hastig.

»Das glaube ich«, lachte Doreen. »Auf Ihren Schultern liegt die ganze Verantwortung.«

Als ob du dir was daraus machtest, dachte Julian grimmig.

»Was macht Pete?« fragte er, um das Thema zu wechseln.

Doreen machte eine wegwerfende Handbewegung.

»Sitzt zu Hause und schmollt. Sie haben ihm ganz schön eine gepflastert.«

Julian schluckte. Er hatte ein wenig mehr Mitgefühl erwartet.

»Es war nicht ernst gemeint«, brummte er und schüttelte den Kopf. »Aber in dem Augenblick, in dem er sie bekam, verdiente er die Lektion. Er hätte unseren Plan im Handumdrehen auf den Kopf gestellt.« Er sah Doreen bittend an. »Wenn Sie nach Hause kommen, machen Sie ihm bitte klar, daß ich so handeln mußte. Ich trage ihm nichts nach, und wenn er genau darüber nachdenkt, dann hat er auch keinen Grund, mir etwas übelzunehmen. Wir brauchen jeden Mann. Je eher er wieder zu sich selbst zurückfindet, desto besser für uns.«

Doreen lachte spöttisch.

»Schön, ich werd's ihm ausrichten. Aber glauben Sie nicht, daß es Zweck hat. Pete ändert sich nie.«

Sie wandte sich ab und ging mit wiegenden Schritten die Straße hinunter. Julian sah ihr eine Zeitlang nach und ärgerte sich, als sie sich plötzlich umdrehte und ihn dabei erwischte.

In Gedanken war er immer noch bei ihr, als er Lorrans Haus betrat. Lorran wirkte müde und erschöpft. Die Ereignisse der letzten Tage schienen ihm an die Nerven zu gehen. Für Krisensituationen war er nicht geschaffen.

Er schien überrascht, Julian zu sehen.

»Sie sollten ein Enzephalogramm von mir anfertigen, erinnern Sie sich?« sagte Julian.

»Ah – richtig!« rief Lorran und lief davon, um seine Geräte betriebsfertig zu machen.

»Wen haben Sie bisher untersucht?« erkundigte sich Julian.

»Doreen«, antwortete der Arzt. »Es ist erst zwei Stunden her, seit Sie mir den Auftrag gaben.«

»Richtig. Doreen war in Ordnung?«

»Ja. Wie erwartet.«

»Wieso erwartet?« fragte Julian.

Lorran warf ihm einen überraschten Blick zu.

»Sie sind Doreen auf der Straße begegnet. Haben Sie irgend etwas Unnatürliches an ihr wahrgenommen?«

»Nein. Wer sagt, daß man ihr etwas anmerken muß?«

»Ich. Erinnern Sie sich an den Arek ...«

Julian unterbrach ihn.

»Sie übersehen etwas, Doktor. Doreen ist keine Arek-Frau. Die innere Struktur eines Arek-Gehirns ist anders als die eines menschlichen. Wenn wir sichergehen wollen, dann müssen wir annehmen, daß die Mikrokugel in einem Arek-Gehirn ganz andere Reaktionen hervorruft als in unserem.«

Lorran nickte zerstreut.

»Ja – da haben Sie ganz recht«, gab er zu. »Das habe ich völlig übersehen.«

»Sie haben trotzdem ein Enzephalogramm von Doreen Baerman angefertigt?« erkundigte sich Julian.

Lorran wurde rot. Einen Augenblick lang sah er aus, als wollte er aufbrausen. Und aus irgendeinem Grund wünschte sich Julian, er hätte es getan. Aber schließlich beugte er sich wieder über sein Gerät und murmelte:

»Selbstverständlich. Ich weiß, was auf dem Spiel steht, und lasse mir keine Pflichtverletzung zuschulden kommen. Der Meßstreifen liegt drüben auf dem Tisch, falls Sie sich ihn ansehen wollen.«

Julian sah ihn sich an. Er wußte, daß er sich Lorran damit zum Feind machte. Der Arzt mochte wenig Rückgrat haben, aber Julians Mißtrauen hatte ihn gekränkt.

Doreens Enzephalogramm war völlig normal. Nicht die Spur einer fremden Beeinflussung war zu erkennen.

»Ich frage mich, wo das Ding geblieben ist«, sagte er mehr zu sich selbst, nachdem er den Streifen zur Seite gelegt hatte.

Lorran war mit seinen Instrumenten fertig.

»Welches Ding, Sir?« erkundigte er sich.

»Die Mikrokugel.«

»Nun, es gibt ein paar tausend Wege, auf denen sie sich aus dem Haus entfernen konnte.«

»Zugegeben. Aber ihre Aufgabe ist, sich in einem unserer Gehirne einzunisten, nicht wahr? Warum hat sie es nicht versucht, als der kranke Arek hier auf dem Tisch lag und wir uns beide über ihn beugten?«

Lorran zuckte mit den Schultern, als hielte er das Problem nicht für besonders wichtig.

»Der Himmel mag's wissen«, antwortete er. »Der Übergang von einem Gehirn ins andere erfordert vielleicht einen bestimmten Mechanismus – eine Berührung der beiden Körper oder so was. Ich habe den Arek nur mit den Fingerspitzen angefaßt, und die Finger steckten in Gummihandschuhen.«

»Das schon. Aber Sifter hatte keine Gummihandschuhe – und er hatte den Kerl dauernd um sich, seitdem er ihn von der Algier-Ebene auflas.«

Lorran gab keine Antwort. Erst nach einer Weile fragte er: »Fertig zur Untersuchung, Sir?«

Julian ließ sich die Haube aufsetzen. Während Lorran sein Enzephalogramm aufnahm, dachte er über die Frage nach, die er selbst aufgeworfen hatte. Wenn die Humdinger-Wesen die kleinen Kugeln losgeschickt hatten, damit sie sich in den Gehirnen der Siedler niederließen und ihnen einen fremden Willen aufzwangen, warum hatte sich die Kugel im Gehirn des kranken Arek die Möglichkeit entgehen lassen, zu Darrel Sifter überzusiedeln?

Ein Fehler in der Programmierung? Oder behinderte der Zustand der Geistesgestörtheit, mit dem das Arek-Gehirn auf den fremden Zwang reagiert hatte, die Bewegung der Mikrokugel?

Fragen über Fragen – und nicht die Spur einer Antwort. Von Sekunde zu Sekunde wurde Julian klarer, daß sie noch ein großes Pensum zu lernen hatten, bevor sie auch nur hoffen konnten, Filchner gegen alle Gefahren zu schützen.

»Fertig, Sir«, sagte Lorran plötzlich. »Alles in Ordnung.«

Er reichte Julian den Meßstreifen. Die übliche Zackenlinie war darauf zu sehen. Julian fuhr sich mit der Hand über die Stirn und lächelte erleichtert.

»Scheint noch alles beim alten zu sein hier oben«, meinte er leichthin.

Lorran lachte pflichtschuldig.

»Wer ist als nächster dran?« erkundigte sich Julian.

»Pete Baerman, Sir.«

»Gut. Reden Sie ihm zu. Bringen Sie ihn wieder auf die Beine. Ich habe Doreen schon darum gebeten, aber anscheinend hält sie nicht viel davon.«

»Ich werde mein Bestes tun, Sir«, antwortete Lorran.

Julian ging. Er schritt langsam die Straße hinunter. Es war noch heißer geworden, und vom Fluß her zog ein stickiger, fauler Geruch in die Siedlung. Julian achtete nicht darauf. Er war in Gedanken versunken.

Meech war inzwischen zurückgekehrt. Die Behälter mit Nervengas, insgesamt ein Dutzend, waren an strategisch wichtigen Punkten aufgestellt worden. Der Öffnungsmechanismus konnte mit Hilfe eines Ultrakurzwellensenders im Notfall fernbetätigt werden. Gasmasken waren an die Siedler verteilt worden. Eine davon lag auf dem Landefeld in der Nähe der Stelle, an der Sifter gewöhnlich aufsetzte.

Meech hatte Pete Baerman nicht zu Gesicht bekommen. Doreen hatte ihm die Maske abgenommen.

Darrel Sifter kreiste nach wie vor draußen herum und hatte inzwischen keine weiteren Arek-Kolonnen ausmachen können. Er war über das Gebiet Loggallans, Hellimans und Tiggurrans hinweggeflogen und hatte dort alles normal gefunden. Der Marschrichtung der Kolonnen nach zu urteilen, waren sie aus dem tiefen Süden gekommen und hatten die Länder der drei Stämme umgangen.

Joe Kalep überwachte weiterhin den Feldschirmprojektor. Er hatte sich von Meech etwas zu essen und trinken bringen lassen.

Im Augenblick schien alles ruhig. Julian empfand Hunger. Seit seinem ersten Imbiß waren vier Stunden verstrichen. Der Tag schien stillzustehen. Die Straße, die Häuser, der Himmel – alles schien ständig gleich auszusehen. Die Sonne bewegte sich kaum. Das Verstreichen der Zeit drang nicht ins Bewußtsein. Nur der Magen war von Filchners langsamer Rotation nicht beeindruckt.

Meech bereitete ein reichhaltiges zweites Frühstück. Julian aß, was er konnte. Er wußte nicht, wann sich wieder Gelegenheit zum Essen bieten würde.

Als er sich gesättigt und befriedigt zurücklehnte, um langsam und mit Genuß eine Zigarette zu rauchen, wurde die Tür aufgerissen.

Lorran stolperte herein, aschfahl im Gesicht und völlig außer Fassung.

»Pete Baerman ist spurlos verschwunden«, stieß er hervor.

Er hatte sich nicht sang- und klanglos davongemacht, sondern eine Nachricht hinterlassen. Lorran hatte sie mitgebracht. Sie hieß:

»Sucht nicht nach mir! Ich gehe, um zu tun, was um unser aller willen getan werden muß!«

Julian sah Lorran scharf an.

»Wissen Sie, was er damit meint?«

Der Arzt schüttelte den Kopf.

»Nein«, stieß er hervor. »Keine Ahnung.«

Aus irgendeinem Grund glaubte Julian nicht, daß er die Wahrheit sagte. Aber er hatte keine Zeit, sich darum zu kümmern. Es war kaum abzusehen, wieviel Unheil Baerman anrichten konnte, wenn er es wirklich darauf abgesehen hatte.

Meech erhielt den Auftrag, nach dem Verschwundenen zu suchen. In solchen Dingen war der Roboter geschickter und erfolgreicher als eine ganze Polizeikompanie. Er verband große Beweglichkeit mit einem auf den Regeln der Logik gegründeten Spürsinn. Es war nur eine Frage der Zeit, wann er Baerman einfing – zumal Baerman die Siedlung wegen des verschlossenen Schirmfelds nicht verlassen konnte.

Das Problem war, daß selbst die kürzeste Zeitspanne Baerman genügen mochte, schweren Schaden anzurichten.

Lorran schien erleichtert, als er sah, daß er sein Anliegen richtig an den Mann gebracht hatte.

»Damit fällt einer meiner Patienten aus«, sagte er mit einem mageren Lächeln auf dem immer noch blassen Gesicht. »Kalep ist unabkömmlich, Sifter ist draußen. Was soll ...«

»Bleiben immer noch Sie selbst«, unterbrach Julian. »Sie wollten mir erklären, wie der Enzephalograph funktioniert, damit ich Sie untersuchen kann.«

Lorran war einverstanden, obwohl ihm der Gedanke nicht zu behagen schien. Sie gingen nebeneinander die Straße hinauf, ohne ein Wort zu sprechen. Lorran schien seinen eigenen Gedanken nachzuhängen, und Julian wartete ungeduldig darauf, daß Meech irgendwo auftauchte und ihm mitteilte, er hätte Pete Baerman gefunden.

Aber der Robot war nirgendwo zu sehen. Pete Baerman erwies sich als geschickter, als man von ihm erwartet hatte.

Lorran weihte Julian in die Geheimnisse des Enzephalographen ein. Dann setzte er sich selbst die Haube auf. Das Enzephalogramm, das Julian aufnahm, war einwandfrei. Lorran war noch immer Herr seines eigenen Verstands. Die Mikrokugel – wo auch immer sie sich herumtreiben mochte – hatte kein weiteres Opfer gefunden.

Vorsichtshalber unterzog Julian auch den Arek, den Lorran in einem seiner Privaträume untergebracht hatte, einer Untersuchung. Das Muster, das der Enzephalograph aufzeichnete, entsprach dem Grundmuster. Der Arek war geistig gesund – auch wenn er sich während der Untersuchung gebärdete, als sollte er aufgespießt werden. Lorran brachte ihn zurück in sein Quartier, wo er sich nach einer Weile beruhigte. Währenddessen setzte sich Julian auf dem Funkweg mit Meech in Verbindung und erfuhr, daß die Suche nach Pete Baerman noch keinen Erfolg gezeitigt hatte. Pete mußte irgendwo ein Versteck kennen, das so gut wie unauffindbar war, oder er hielt sich an einem Platz auf, an dem er nach allen Regeln der Logik nicht hätte sein dürfen. Nur auf diese Weise konnte Meech an der Nase herumgeführt werden.

Lorran kam zurück.

»Wir machen jetzt einen kleinen Spaziergang«, erklärte ihm Julian. »Erinnern Sie sich? Ich sprach von einer neuen Aufgabe.«

Lorran erinnerte sich.

Es schien ihm keinen Spaß zu machen.

»Wie wollen Sie ein paar Areks fangen«, fragte er, »ohne daß dabei die andern ebenfalls in die Siedlung eindringen?«

Julian lächelte.

»Schnelligkeit, das ist alles. Kommen Sie, ich zeig's Ihnen. Nehmen Sie einen kleinen Vorrat an Betäubungsspritzen mit.«

Lorran packte die Spritzen ein, dann machten sie sich auf den Weg. Die Siedlung lag wie ausgestorben. Julian ertappte sich dabei, wie er nach allen Seiten Ausschau hielt – in der schwachen Hoffnung, Pete Baerman durch Zufall zu finden, nachdem Meechs Systematik bisher nichts eingebracht hatte.

Plötzlich fragte Lorran:

»Haben Sie inzwischen irgendeine Vorstellung davon, was der merkwürdige Nebel darstellt?«

Julian schüttelte zögernd den Kopf.

»Nein, nicht die geringste. Ich weiß nur, daß der Nebel in den Angriffsplänen der Humdinger-Wesen eine Rolle spielt, mehr nicht.«

»Hm«, brummte Lorran, und nach einer Weile fügte er hinzu: »Mir kam gerade der Gedanke, es könnte sich vielleicht um Millionen oder Milliarden von Mikrokugeln handeln, die da auf uns zuschweben.«

Julian hatte ein paar Stunden zuvor den gleichen Verdacht gehabt und ihn verworfen. Er erklärte dem Arzt:

»Zugegeben – wir wissen nicht, was die Mikrokugeln eigentlich sind. Aber da einige Tausend davon hierhergelangten, ohne daß wir ihre Annäherung bemerkten, ergäbe es keinen Sinn, daß der Gegner ein paar Millionen davon auf so engem Raum zusammenpfercht, daß man sie über Lichtjahre hinweg sehen kann.«

Lorran antwortete nicht. Nach einer kurzen Pause fuhr Julian fort:

»Außerdem konnte im Inneren des Nebels keinerlei Materie festgestellt werden. Alles, was unsere Instrumente sahen, war ein energetisches Feld von merkwürdiger Struktur.«

»Aber was, zum Teufel, verbirgt sich dann hinter dem Nebel?« brach es aus Lorran hervor.

»Ihre Vermutung ist so gut wie meine, Doc. Auf jeden Fall müssen wir darauf gefaßt sein, daß das Theater losgeht, sobald der Nebel uns erreicht.«

Sie waren inzwischen um das Sendegebäude herumgebogen und standen im grotesken Gewirr der Schattenlinien, die die große Hyperantenne warf. Etwa zweihundert Meter zur rechten Hand stand die Baracke, in der Joe Kalep den Feldprojektor bewachte. Zur Linken schob sich ein langer, flacher Anbau des Sendegebäudes in nördlicher Richtung. Der Anbau war fensterlos, aber an seinem nördlichen Ende gab es eine Anzahl von Eingängen mit schweren Metalltüren. Das langgestreckte Bauwerk beherbergte den Teil des Kraftwerks, der zur Energieversorgung des Senders gebraucht wurde. In der stillen, heißen Luft war das leise Summen der schweren Fusionsgeneratoren deutlich zu hören.

»Das Schirmfeld stößt dort vorn irgendwo gegen den Boden«, erklärte Julian. »Joe Kalep behauptete, die Stelle läge nicht mehr als zehn Meter vom Ende des Anbaus entfernt.«

»Das ist richtig«, bestätigte Lorran. »Mit fünf Kilometern Durchmesser muß das Feld sehr genau zentriert werden, um die ganze Siedlung zu bedecken. Der Anbau ist einer der kritischen Punkte. Ein anderer sind die leerstehenden Häuser am Westende der Stadt – obwohl wir die natürlich außerhalb des Schirms lassen könnten.«

»Es trifft sich gerade so«, bemerkte Julian mit einem vergnügten Grinsen, »daß das vorzüglich in unsere Pläne paßt.«

»Ich glaube, ich verstehe, Sir. Sie wollen ...«

Julian packte ihn an der Schulter. Lorran verstummte augenblicklich.

»Hören Sie!« zischte Julian.

Ein neues Geräusch schwang in der Luft. Es klang wie das Heulen einer weit entfernten Sirene, unregelmäßig an- und abschwellend und die Tonlage wechselnd. Julian konnte nicht feststellen, aus welcher Richtung es kam, auf jeden Fall aber lag sein Ursprung jenseits des Feldschirms.

»Kommen Sie«, sagte Julian.

Sie liefen am Rand des Anbaus entlang, bis sie das nördliche Ende erreichten. Julian befahl Lorran, sich in einer der Türnischen zu verbergen.

Vorsichtig ging er ein paar Schritte weiter und spähte am Ende des Anbaus vorbei nach Westen. Seine Vermutung hatte ihn nicht getrogen. Eine unübersehbare Kolonne von Areks näherte sich dem Rand der Siedlung. Sie bewegten sich ziemlich schnell und zogen sich auseinander, je näher sie der Stadt kamen. Anscheinend beabsichtigten sie, von allen Seiten zugleich einzudringen. Auch das paßte in Julians Plan. Während sie hüpften und sprangen, sangen sie vor sich hin. Es war ein stumpfsinniger, einfallsloser Gesang. Für den, der nicht genau hinhörte, klang er wie das Heulen einer Sirene.

Julian zwängte sich neben Lorran in die Nische.

»Noch zehn oder fünfzehn Minuten, dann sind sie hier«, sagte er ruhig.

Er nahm einen kleinen Stein vom Boden auf und warf ihn fort. Etwa acht Meter entfernt, dicht neben der Kante, mit der der Anbau abschloß, prallte er gegen ein unsichtbares Hindernis und fiel zu Boden. Das Schirmfeld hatte ihn aufgehalten. Das Feld war selektiv. Es übertrug akustische Schwingungen, indem seine Oberfläche die von draußen kommenden Schallwellen wie eine Membran aufnahm und sie an die Luft im Innern des Schirms weitergab. Es war durchlässig für das ultrarote, sichtbare und ultraviolette Spektrum der elektromagnetischen Wellen. Aber es war undurchdringbar für alle Arten von Materie, bis hinab zu einzelnen Atomkernen, für lang- und kurzwellige elektromagnetische Strahlung und für den größten Teil des Hyperwellenspektrums.

»Wie haben Sie sich das Unternehmen im einzelnen vorgestellt?« erkundigte sich Lorran. Er war nervös. Seine Stimme flatterte.

»Wir verlassen uns auf den Augenblick«, antwortete Julian leise. »Sie kreisen die Stadt von allen Seiten ein und werden dabei auf den Feldschirm stoßen. Wahrscheinlich lassen sie sich am Rand des Schirms nieder, ein paar von ihnen gewiß in unserer Nähe. Sobald sich ein günstiger Augenblick ergibt, erhält Kalep das Signal zum Abschalten des Schirms. Die Areks werden in den ersten Sekunden nichts davon bemerken. In dieser Zeit schnappe ich mir einen oder zwei von ihnen. Ich bringe sie hierher, und Sie verabreichen ihnen eine Spritze. Klar?«

Lorran seufzte erleichtert.

»Gut. Ich dachte schon, Sie hätten mir eine tragende Rolle zugedacht.« Dann, als täte es ihm leid um die Bemerkung, die er soeben gemacht hatte, fügte er rasch hinzu: »Wissen Sie, ich bin nicht in Wirklichkeit feige. Es war eben so lange ruhig um mich herum, daß ich ...«

Julian unterbrach ihn mit einer Handbewegung.

»Schon gut«, flüsterte er ihm zu. »Jetzt Mund halten! Sie kommen!«

Der heulende Gesang war jetzt ganz nahe. Das Rascheln von Schritten im Gras jenseits das Schirmfeldes war zu hören. Vor der Kante des Anbaus erschien ein schlanker Schatten.

Dann trat der erste Arek ins Blickfeld.

Julian musterte ihn. Der Arek war spärlich bekleidet. Außer einem Lendenschurz trug er ein kurzes, boleroähnliches Jäckchen. In der Hand schwang er einen Stock, der ihm entweder als Waffe oder als Wanderstab diente. Das war seine ganze Ausrüstung. Langes, dunkelbraunes Haar hing ihm wirr ins Gesicht. In den Augen leuchtete das Feuer der Besessenheit.

Andere Areks tauchten auf. Sie gingen weiter draußen, zehn bis zwanzig Meter jenseits des Schirms, auf dem Weg zum Nordenende der Siedlung. Sie sangen. Der einzelne Arek, der dicht an den Schirm herangetreten war, schwieg.

Er schien von der Existenz des Schirms zu wissen, denn er bewegte sich äußerst vorsichtig. Wahrscheinlich waren die Areks schon im Westen und Süden gegen das Schirmfeld gestoßen. Wenn sie sich auch nichts darunter vorstellen konnten, so wußten sie doch, daß es schmerzhaft war, allzu heftig damit in Berührung zu kommen.

Ein zweiter Arek bog um die Kante des Anbaus und gesellte sich zu dem ersten. Der erste hatte inzwischen die Arme nach vorn ausgetreckt. Er machte zwei zögernde Schritte und stieß gegen das Feld. Julian sah, wie die Finger sich bogen.

Der Arek stieß einen wütenden Schrei aus und warf sich vor dem Schirmfeld auf den Boden. Den Stock hatte er achtlos fallen lassen. Mit den bloßen Händen begann er in der Erde zu wühlen. Zehn Minuten später gab er auf. So tief er auch grub, der Widerstand des Feldschirms hörte nicht auf. Er ging in die Hocke, griff nach seinem Stock und drückte ihn mit einem Ende gegen das Feld. Ohne daß er es wollte, bewunderte Julian die Umsicht, mit der er zu Werke ging. Sobald das Feld abgeschaltet würde, mußte der Stock dem Druck nachgeben, den die Hand des Areks auf ihn ausübte. Noch nicht einmal eine halbe Sekunde würde vergehen, bis der Arek merkte, daß der Feldschirm nicht mehr existierte.

Der zweite Arek hockte sich ebenfalls auf den Boden. Er drehte sich halb zur Seite und rief ein paar unverständliche Worte, woraufhin acht weitere Eingeborene hinter dem Anbau hervorkamen und sich neben den ersten beiden niederließen. Ein paar Minuten lang saßen sie in stoischer Ruhe und sahen stumpfsinnig vor sich hin auf den Boden, während weiter draußen eine Horde nach der andern vorüberzog und sich dem Ostende der Siedlung zuwandte.

Lorran zitterte vor Aufregung. Julian ließ eine halbe Stunde verstreichen, bis er sicher war, daß die zehn Areks vor ihm keine weitere Verstärkung erwarteten. Dann zog er langsam und vorsichtig, so daß keine Bewegung ihn verriet, das kleine UKW-Funkgerät aus der Tasche und machte es sendebereit.

Joe Kalep meldete sich fast augenblicklich.

»Tifflor hier«, flüsterte Julian. »Lorran und ich liegen dicht hinter dem Schirm. Wir haben zehn Areks vor uns und möchten uns gern einen schnappen. Schalten Sie den Schirm für zehn Sekunden aus – nicht länger!«

Kalep begriff sofort.

»Wird gemacht, Sir«, antwortete er. »Bitte geben Sie mir die Zeit an.«

Julian sah auf die Uhr.

»Sagen wir, genau um ...«

Aus dem Empfänger kam ein kratzendes Geräusch.

»Kalep? Was ist los!?«

Kalep antwortete nicht. Julian preßte das kleine Gerät ans Ohr und hörte das Scharren von Füßen. Jemand stöhnte. Ein dumpfer, trockener Knall wie von einem gutgezielten Faustschlag dröhnte auf.

»Kalep, melden Sie sich!« zischte Julian.

Kalep meldete sich nicht mehr. Doch seine Stimme war zu hören, wild vor Zorn und wie aus weiter Ferne:

»Du verdammter Narr, du weißt nicht, was du ...«

Ein zweiter Knall, danach war von Kalep nichts mehr zu hören. Dafür klang eine andere Stimme auf.

»Du wirst mir nicht mehr im Weg stehen, Joe. Ich weiß, was ich zu tun habe!«

Julian erstarrte das Blut in den Adern. Er brauchte die Worte nicht zu verstehen, um zu wissen, wer da sprach. Er kannte den hysterischen Klang der Stimme.

Pete Baerman!

Julian rief ihn an – in der Hoffnung, er hielte sich nahe genug beim Funkgerät auf, um ihn zu hören. Pete antwortete nicht. Julian hörte ihn in der kleinen Baracke rumoren und unterdrückt vor sich hinfluchen. Er versuchte, sich vorzustellen, was er dort tat.

Ein wilder Schrei ließ ihn in die Höhe fahren. Der Schrei kam nicht aus dem Empfänger. Einer der Areks hatte ihn ausgestoßen. Der Stock, den einer von ihnen gegen das Feld gestemmt hatte, war zu Boden gefallen.

Blitzschnell war die ganze Horde auf den Beinen. Pete Baerman hatte das Schirmfeld ausgeschaltet! Die Areks hatten das Verschwinden des Feldes sofort bemerkt. Ihr wilder Schrei pflanzte sich fort. In Windeseile lief er an den Grenzen der Siedlung entlang und teilte allen mit, daß die Zeit zum Angriff gekommen war.

Nur einen Atemzug lang zögerte Julian. Dann packte er Lorran an den Schultern und zog ihn in die Höhe. Er gab ihm einen kräftigen Stoß und schrie ihm nach:

»Verschwinden Sie! Laufen Sie, so schnell Sie können! Zu Ihrem Haus!«

Lorran rannte davon. Den Beutel mit den Spritzen ließ er achtlos zurück. Julian riß den Paralysator hervor. Wenn es den Eingeborenen gelang, Rivertown zu überschwemmen, dann war Filchner verloren.

Er feuerte, als die zehn Areks bis auf wenige Schritte an ihn herangekommen waren. Die ersten vier brachen zusammen. Brüllend vor Zorn wichen die anderen aus. Julian benutzte den kurzen Aufschub, um sich weiter zurückzuziehen.

Mit zwei Schüssen schaltete er zwei weitere Areks aus. Er hatte gehofft, sie einschüchtern zu können, aber was es auch immer war, das sich in ihren Gehirnen eingenistet hatte – es trieb sie unaufhaltsam vorwärts.

Er kniete nieder, um ein sichereres Ziel zu haben. Ein breitgefächerter Strahl schoß den blindwütenden Angreifern entgegen und setzte sie außer Gefecht. Julian rannte am Anbau entlang, bis er die Rückwand des eigentlichen Sendegebäudes erreichte. Dort bog er nach links ab. Er blieb einen Augenblick lang stehen, um sich Überblick zu verschaffen. Weiter im Osten drangen die Areks in breiter Front in die Siedlung ein. Ihr johlendes Geschrei erfüllte die Luft. Die Baracke, in der Joe Kalep bis vor kurzem den Schirmfeldprojektor bewacht hatte, lag ruhig im Sonnenglast. Die Tür stand offen. Kein Arek war in der Nähe.

Julian lief hinüber. Joe Kalep lag reglos am Boden. Ein Sessel war halb über ihn gefallen. Die Spuren eines heftigen Kampfes waren überall zu sehen. Pete Baerman allerdings war verschwunden.

Julian warf einen Blick auf die Hauptschalttafel und erstarrte. Der große Schalthebel befand sich noch in derselben Stellung, in der er ihn zuletzt gesehen hatte. Nach der Position des Hebels zu urteilen, mußte das Schirmfeld noch bestehen.

Julian ging um den Projektor herum und fand die Lösung des Rätsels. Pete Baerman hatte ganze Arbeit geleistet. Er wußte, daß das Feld jederzeit wieder eingeschaltet werden konnte, wenn er nur den Hebel herunterzog. Das lag nicht in seiner Absicht. Er wollte Rivertown für alle Zeit des wirksamsten Schutzes berauben.

In der Rückwand des Projektors klaffte ein halbmeterweites Loch mit halbgeschmolzenen Rändern. Pete hatte sich irgendwo einen Strahler beschafft und den Projektor damit so beschädigt, daß niemand ihn jemals wieder reparieren konnte.

Julian spürte, wie der Zorn gegen Pete in ihm emporstieg und ihm die Beherrschung raubte. Er riß sich zusammen. Er brauchte seinen kühlen Verstand jetzt nötiger als jemals zuvor. Das Schicksal von Filchner stand auf dem Spiel.

Pete Baerman war plötzlich nebensächlich geworden. Er hatte allen Schaden angerichtet, den er anrichten konnte. Jetzt ging es nur noch um die anderen vier, um Joe Kalep, um Doc Lorran, um Darrel Sifter und um Doreen. Sifter war vorläufig in Sicherheit. Lorran hatte sich hoffentlich in Sicherheit gebracht. Der Himmel mochte wissen, wo Doreen steckte. Aber wenigstens Joe Kalep konnte er helfen.

Er nahm den Bewußtlosen auf und legte ihn sich über die Schulter. Wenn er Glück hatte, konnte er Doc Lorrans Haus erreichen, ohne daß die Areks ihn einfingen. Er brauchte nur eine Hand, um Kalep festzuhalten. Mit der anderen konnte er den Strahler bedienen.

Mit der schweren Last auf dem Rücken schob er sich durch die Tür. Er war kaum draußen, da hörte er schräg hinter sich ein Geräusch. Er fuhr herum, die Waffe schußbereit in der Hand.

An die Wand der Baracke gelehnt, stand ein hochgewachsener, junger Arek. Er hatte die Arme vor der Brust verschränkt und lächelte freundlich. Julians Waffe schien ihn nicht im mindesten zu beeindrucken.

»Ich wünsche dir Frieden«, sagte er in dem leicht verständlichen Dialekt, den Loggallans Stamm sprach.

Julian war verblüfft. Unschlüssig ließ er die Waffe sinken. Der Arek benahm sich völlig normal. Er hatte nichts von jenem verzehrenden Feuer in seinem Blick, das den Besessenen kennzeichnete. Julian war ratlos. Seine Gedanken tanzten einen wilden Reigen. Wo kam der Arek her? Wie war er nach Rivertown gelangt, wenn der Wille des Fremden, das in seinem Gehirn saß, ihn nicht getrieben hatte?

Es gab nur eine einzige Erklärung. Die Mikrokugel hatte das Arek-Gehirn verlassen.

Die Erkenntnis der Gefahr traf ihn wie ein Schock. Eine Sekunde lang war er gelähmt vor Schreck. Eine Sekunde war genug für den unsichtbaren Gegner.

Unter dem Aufprall des fremden Bewußtseins zuckte Julian zusammen. Mit aller Kraft stemmte er sich gegen den feindlichen Willen, der sich ihm aufzuzwängen versuchte – nur um festzustellen, daß seine Willensenergie der des Gegners weit unterlegen war.

Ohne daß er es wollte, lockerte sich der Griff um den Kolben des Strahlers. Die Waffe entglitt ihm. Joe Kalep rutschte ihm von der Schulter und fiel zu Boden.

Fremde Gedanken zogen Julian durch den Kopf. Das Bild vor seinen Augen begann zu verschwimmen. Er spürte, wie sein eigenes Bewußtsein zurückgedrängt wurde.

Im letzten Augenblick noch besann er sich seiner Pflicht. Mit einer raschen Bewegung der Zunge holte er die Antimnesin-D-Kapsel aus ihrem Versteck hervor. Die Backenmuskeln wollten ihm kaum mehr gehorchen. Es kostete ihn unvorstellbare Mühe, die Kapsel zu zerbeißen.

Das Medikament wirkte sofort. Wie ein schwarzer, undurchsichtiger Vorhang fiel die Bewußtlosigkeit über Julian.

8.

Als er zu sich kam, sah er eine lindgrüne Zimmerdecke hoch über sich. Leergepumpt und hilflos klammerte sich sein Bewußtsein an diesen Anhaltspunkt. Die Erinnerung kehrte zurück.

In Doc Lorrans Praxis gab es einen Raum, der eine lindgrüne Decke hatte.

Julian fuhr in die Höhe. Seltsamerweise bereitete ihm die rasche Bewegung keinerlei Schwierigkeiten. Er hatte erwartet, sich schlapp und zerschlagen zu fühlen.

Warum eigentlich?

Plötzlich stand ihm das Bild wieder vor den Augen – der junge Arek, lässig gegen die Wand der Baracke gelehnt, der Druck des schlaffen Körpers auf der Schulter, das schockartige Erkennen der Gefahr …

Er erschrak. Nach allem, was er wußte, trug er eine der teuflischen Mikrokugeln im Schädel. Wie kam es, daß er trotzdem seine eigenen Gedanken dachte? Unwillkürlich fuhr er mit der Hand zum Kopf.

Julian erhielt Antwort auf seine Frage. Er trug einen Verband. Er empfand keine Schmerzen, aber sein Verstand bewies, daß er operiert worden war. Er schauderte, als er sich in Erinnerung zurückrief, wie Doc Lorran die Schädelplatte des Arek aufgeschnitten und wie die Sonde in den bloßliegenden Gehirnfurchen herumgesucht hatte. Dasselbe war ihm widerfahren. Jemand hatte die Mikrokugel aus seinem Gehirn entfernt.

Er sprang auf. Der kleine Raum lag in dämmrigem Halbdunkel. Julian eilte zum Fenster und riß die Vorhänge beiseite. Verblüfft sah er, daß auch draußen nicht viel mehr Helligkeit herrschte. Die Sonne war am Untergehen. Er war den größten Teil des Tages bewußtlos gewesen!

Er erkannte das Zimmer, in dem er sich befand. Hier hatte Doc Lorran den Arek untergebracht, nachdem die Mikrokugel aus seinem Gehirn entfernt worden war. Julian hörte gedämpfte Stimmen von irgendwoher. Er schaute an sich hinab und stellte fest, daß man ihn nur am Oberkörper entkleidet hatte. Er trug immer noch die Hose seiner Allwetter-Kombination.

Ungestüm lief er zur Tür und riß sie auf. Die Stimmen wurden deutlicher. Er hörte Darrel Sifter sagen:

»Ich weiß nicht, wie er das schafft, aber …«

»He!« schrie Julian. »Was ist los?«

Das Scharren von Stühlen antwortete. Sifter streckte seinen hageren Schädel durch den Eingang zum Ordinationszimmer und sah Julian auf dem Gang stehen.

»Um Himmels willen, Sir …!«

Mit großer Hast schob er seine unendlich lange Gestalt durch die Türöffnung. Julian winkte lachend ab.

»Keine Sorge. Ich bin völlig in Ordnung!«

Joe Kalep erschien neben ihm. Weiter hinten ertönte eine weibliche Stimme:

»Mein Gott, der Marschall!«

»Das ist zu früh!« dröhnte Doc Lorrans Baß. »Er sollte noch nicht aufwachen.«

Sifter und Kalep wurden zur Seite gestoßen. Doc Lorrans zweihundertsiebzig Pfund erschienen im Gang. Hinter ihm erklang eine Stimme mit leicht arrogantem Tonfall:

»An Ihrer Stelle würde ich mir keine Sorgen machen, Doktor. Marschall Tifflor ist nicht so leicht außer Gefecht zu setzen.«

Meech Hannigan! Lorran, Doreen, Kalep und Sifter – sie waren alle beisammen. Die Erleichterung übermannte Julian. Er fing an zu lachen. Er lachte lauthals, bis ihm die Tränen über die Wangen liefen und bis ihm jemand ziemlich unsanft auf die Schultern klopfte und Meechs schnarrende Stimme sagte:

»Nehmen Sie sich zusammen, Sir. Auch Heiterkeit kann Schaden verursachen, wenn sie übertrieben wird.«

Da erst wußte Julian, daß die Lage längst nicht so hoffnungslos war, wie er noch vor ein paar Minuten geglaubt hatte.

Sie gaben ihm den Rest seiner Montur, und er kleidete sich an, damit er sich unter Doreens aufmerksamen Blicken nicht mehr so unbehaglich zu fühlen brauchte. Während er sich anzog, ließ er sich Bericht erstatten.

Meech Hannigan war der Held des Tages. Es war ihm zwar nicht gelungen, Pete Baerman aufzuspüren, bevor er den Feldschirm ausschalten konnte, aber dieses Versagen hatte er doppelt und dreifach wieder wettgemacht. Er hatte Doc Lorran in sein Haus flüchten sehen und sofort begriffen, daß Lorrans Praxis mit ihren unersetzlichen Medikamenten und Geräten unbedingt vor dem Ansturm der Areks geschützt werden müsse. Er hatte Zeit genug gehabt, Doreen aus dem Baerman-Haus zu holen, wo sie gerade in Unkenntnis der Lage ein Nickerchen hielt, und sie bei Lorran in Sicherheit zu bringen. Dann kamen die Areks. Sie hatten sich bei den technischen Anlagen am Ostrand der Siedlung nur lange genug aufgehalten, um festzustellen, daß keiner der Siedler sich dort befand. Auch die leeren Gebäude am Westrand hatten ihre Aufmerksamkeit nicht länger als ein paar Minuten beansprucht. Jetzt kamen sie von beiden Seiten her die Straße entlang. Sie hatten Lorran gesehen, wie er in sein Haus flüchtete, und auch Meechs Rettungsaktion war ihnen nicht entgangen.

Der Robot empfing sie mit einem solch exakten Beschuß, daß selbst den Dingen, die sich in ihren Gehirnen eingenistet hatten, die Lust zu weiterem Vordringen bald verging. Die Areks flüchteten in die leerstehenden Gebäude und bewarfen von dort aus Meech mit Steinen, sobald er sich auf der Straße sehen ließ.

Inzwischen hatte Meech längst die Notwendigkeit erkannt, Doc Lorrans Haus einen wirksameren Schutz zu verschaffen. Er brachte Lorran und Doreen in eine kleine Kammer, die für Höhenbehandlung eingerichtet und daher mit luftdicht schließenden Türen versehen war. Dann machte er sich auf den Weg zu Kaleps Baracke.

Vor dem Eingang zur Baracke fand er Julian und Kalep, beide bewußtlos. Er schleppte sie zu Lorrans Haus und brachte sie ebenfalls in der luftdichten Kammer unter. Dann kehrte er zur Baracke zurück und demontierte ein kleines Gerät, das ursprünglich zur Steuerung des Projektor-Energieflusses gedient hatte. Mit seiner Kenntnis der Positronik war es ihm ein leichtes, den Steuerregler in eine Art Mikroprojektor zu verwandeln. Er brachte ihn zu Lorrans Praxis und schloß ihn an die Energieversorgung des Hauses an. Seitdem bestand rings um Lorrans Grundstück ein kleines Schirmfeld, das zwar nicht einmal den lahmsten Strahlerschuß abgehalten hätte, Areks und Mikrokugeln jedoch völlig undurchdringlich war.

Sifter war zurückgerufen worden und sicher gelandet. Meech selbst geleitete ihn vom Landefeld zu Doc Lorrans Haus, das sich so plötzlich in eine Festung verwandelt hatte. Meech war auch derjenige, der Doc Lorran empfahl, sowohl Julian als auch Kalep einer Gehirnoperation zu unterziehen. Lorran fertigte statt dessen von beiden ein Enzephalogramm an und stellte fest, daß in Kaleps Fall alle Sorge unnötig war. Julians Gehirn dagegen strahlte ein Muster aus, das die Anwesenheit einer Mikrokugel nur allzu deutlich verriet.

Diese Erkenntnis hätte der Kampfmoral der vier Siedler um ein Haar den letzten Stoß versetzt. Eine Kugel in Julian Tifflors Gehirn! Das war die endgültige Katastrophe. Meech allein behielt die Ruhe. Er sorgte dafür, daß Julian in ein Sauerstoffzelt gebracht wurde. Er benötigte den Sauerstoff nicht, aber das Zelt schloß luftdicht – und die Mikrokugel, falls es ihr einfallen sollte, das von Bewußtlosigkeit geschlagene Gehirn zu verlassen, konnte nicht aus dem Zelt entkommen.

Meech selbst führte die Operation aus und bekam die Mikrokugel mit der Sonde zu fassen. Er bewahrte sie in einem luftdicht verschließenden Glasbehälter auf und schaffte Julian, dessen Ohnmacht sich infolge der angewandten Anästhesiemittel vertieft hatte, in die Höhenbehandlungskammer zurück. Dann durchsuchte er das Haus und überraschte die Siedler eine Stunde später mit der Feststellung, daß sich keine weiteren Mikrokugeln im Haus aufhielten. Sie konnten die Kammer verlassen. Julian, immer noch bewußtlos, wurde in dem Raum untergebracht, den bisher der kranke Arek innegehabt hatte. Den Arek hatte Meech aus dem Haus entlassen, damit er sich draußen seinen Artgenossen anschlösse.

Das war der Stand der Dinge. Die Areks draußen in den leeren Gebäuden und auf der Straße hatten keine Anzeichen von Kampfeslust mehr erkennen lassen. Das Spiel stand remis.

Es war Darrel Sifter, zeitweise unterstützt von Doc Lorran und Joe Kalep, der den Bericht über Meech Hannigans erstaunliche Leistungen abgab. Meech stand derweilen in einer Ecke und ließ die Lobrede ungerührt über sich ergehen.

Während Sifter sprach, hatte Julian sich seine eigenen Gedanken gemacht. Er wandte sich an Lorran.

»Haben Sie das Mikroding schon untersucht?«

Lorran lachte auf.

»Ich wollte – weiß der Himmel, ich wollte. Aber Ihr Mann hier«, er wies mit weit ausholender Geste auf Meech, »ließ mich nicht. Er bestand darauf, daß wir bis zu Ihrem Erwachen die Finger davon ließen.«

Julian sah den Roboter an. Da war einiges in Sifters Bericht gewesen, das Lorran und Sifter selbst wohl ohne weiteres hingenommen hatten, während es in Julian den Verdacht erweckte, daß Meech inzwischen einige Erkenntnisse gesammelt hatte, von denen die anderen nichts wußten.

»Meech ...?«

»Jawohl, Sir?«

»Raus mit der Sprache!«

Meech machte ein ernstes Gesicht.

»Erlauben Sie, Sir, daß ich Ihnen die Kugel zuvor zeige?«

»Erlaubt«, antwortete Julian Tifflor. »Wo bewahrst du sie auf?«

Meech ging zum Mikroskoptisch. Er schob einen kleinen Glasbehälter auf die Objektplatte. Julian erkannte den Behälter. Er war von der gleichen Art wie der, in der Lorran die dem Gehirn des Arek entnommene Mikrokugel aufbewahrt hatte. Der Robot schaltete das Mikroskop ein. Auf der Projektionsfläche erschien ein hell erleuchteter Kreis von etwa anderthalb Metern Durchmesser.

In der Mitte des Kreises schwebten zwei verschwommene Gebilde, undeutlich in ihren Umrissen, aber ohne Zweifel kugelförmig.

Jemand stieß pfeifend den Atem zwischen den Zähnen hindurch.

»Ich wußte nicht, daß wir *zwei* von der Sorte hatten!«

Das war Sifter. Kalep und Julian waren ebenso erstaunt, nur Lorran bewahrte die Ruhe.

»Woher kommt die zweite, Meech?« fragte Julian scharf.

»Das war so, Sir«, begann der Robot in vollendeter Imitation eines Mannes, der etwas zu sagen hatte und nicht so recht damit herauswollte. »Als ich Sie und Joe Kalep vor der Baracke auflas, da spürte ich plötzlich etwas, das ...«

»*Was*?!« unterbrach ihn Julian ungeduldig.

Meech sah ihn offen an.

»Nun, Sir, eine der Mikrokugeln versuchte, sich in *meinem* Gehirn einzunisten!«

Nur einen Augenblick lang war Julian sprachlos. Dann fing er an zu lachen. Lorran, Kalep und Sifter stimmten ein, nur Doreen wußte nicht, was sie von der Sache halten sollte.

»Wunderbar«, stieß Julian schließlich hervor. »Du bemerktest den Eindringling?«

»Sofort, Sir. Er besaß eine eigentümliche Ausstrahlung, die meinen alpha-numerischen Sektor durcheinanderbrachte. Ich isolierte den Fremdkörper, indem ich ihn mit einem Mikro-Sperrfeld umgab. Er war daraufhin unbeweglich. Ich brachte ihn hierher, und Doc Lorran war mir behilflich, ihn zu entfernen.«

Julian warf dem Arzt einen überraschten Blick zu. Lorran nickte gemächlich.

»Ganz richtig. War meine erste Operation an ...«, er warf einen Seitenblick auf Doreen, »... an einem Wesen dieses Typs. Mit Mister Hannigans Hilfe klappte es ganz vorzüglich.«

Julian hatte den Blick, den er Doreen zuwarf, nicht übersehen. Er fragte sich, was er zu bedeuten hatte. Aber im Augenblick war keine Zeit, darauf einzugehen.

»Wie sind diese beiden Exemplare geschützt?« fragte er den Arzt. »Ich meine, können sie uns jederzeit genauso durch die Lappen gehen wie ...«

Lorran unterbrach ihn mit einer abwehrenden Handbewegung. »Nein, auf keinen Fall, Sir. Aber über Einzelheiten müssen Sie Ihren Mann dort befragen.«

Er deutete auf den Robot.

»Meech?«

»Jawohl, Sir. Das Innere des Glasbehälters ist durch ein Sperrfeld von der Außenwelt abgetrennt. Mit den Instrumenten, die Doktor Lorran mir zur Verfügung stellte, konnte ich einen kleinen Feldprojektor bauen. Er befindet sich an der Außenwand des Behälters.« Er deutete auf eine Stelle, an der Julian beim besten Willen nichts anderes als sauberes Glas erkennen konnte. »Er mißt nur ein hundertstel Millimeter im Durchmesser«, fuhr Meech fort, »also können Sie ihn wahrscheinlich nicht wahrnehmen.«

»Richtig«, knurrte Julian. »Wie funktioniert er?«

»Er erhält die nötige Energie von mir direkt, Sir, durch drahtlose Übertragung. Er strahlt ein Feld aus, dessen energetische Struktur der Streustrahlung verwandt ist, die die Mikrokugeln von sich geben. Es ist ein überaus glücklicher Zufall, Sir, daß die Kugeln gerade diese Art von Strahlung produzieren. Ihre Struktur ließ sich leicht analysieren. Sperrfeld und Streustrahlung zusammen erzeugen einen Interferenzeffekt, der so stark ist, daß die Kugeln mit sehr hoher Wahrscheinlichkeit keine Möglichkeit haben, den Behälter zu verlassen.«

Julian war beeindruckt. Meech hatte vorzügliche Arbeit geleistet.

Er wandte sich an Lorran.

»Ich möchte auf eine wichtige Beobachtung hinweisen, die ich machte. Als wir Sifters kranken Arek hier untersuchten, unternahm die Kugel, die in seinem Gehirn saß, nicht den geringsten Versuch, ihr Versteck zu verlassen und etwa in Ihren oder meinen Schädel überzusiedeln. Als ich jedoch Joe Kalep aus der Baracke holte, sah ich einen Arek, der völlig normal wirkte und seine Mikrokugel anscheinend wenige Sekunden zuvor losgeworden war. Die Kugel bewegte sich durch die Luft und gelangte in mein Gehirn, wo sie sofort begann, meine Gedankentätigkeit zu beeinflussen. Wie erklären Sie sich diesen Unterschied in der Verhaltensweise?«

Lorran schien sich darüber Gedanken gemacht zu haben.

»Ziehen Sie den Zeitunterschied zwischen beiden Beobachtungen in Betracht«, antwortete er ohne Zögern, »und nennen Sie es Adaption.«

»Sie glauben, daß die Mikrokugel im Gehirn von Sifters Arek sich nicht aus eigener Kraft befreien konnte?«

»Das ist die einzige Erklärung, die mir einfiel, Sir. Der Aufenthalt in einem fremden Gehirn war für die Mikrokugeln, als sie zum erstenmal auf Filchner landeten, etwas völlig Neues. Sie benahmen sich wie Mikroben, die am Ort der Krankheit, die sie erzeugten, gefesselt waren. Erst mit der Zeit lernten sie, sich in dem befallenen Gehirn frei zu bewegen und es unter Umständen auch wieder zu verlassen.«

Julians Gesicht war todernst.

»Sie sind sich darüber im klaren, daß von der Untersuchung des kranken Areks bis zu dem Augenblick, in dem eine der Kugeln in mein Gehirn eindrang, kaum sechs Stunden verstrichen?«

Lorran nickte nur.

»Sie halten die Kugeln also für äußerst anpassungsfähig, nicht wahr? Mit anderen Worten: Sie lernen schnell.«

»Ganz richtig, Sir«, antwortete Lorran mit gepreßter Stimme.

Julian warf einen Blick auf den kleinen Glasbehälter.

»Dann wollen wir mit der Untersuchung anfangen. Ich habe einen ganz scheußlichen Verdacht.«

Doch Lorrans Geräte erwiesen sich als unzureichend, dem Geheimnis der Mikrokugeln beizukommen. Selbst unter dem Elektronenmikroskop zeigten sie sich als durchsichtige, leere Gebilde mit verschwommenen Umrissen.

Draußen war die Sonne inzwischen untergegangen. Finsternis lag über der Siedlung.

Julian befand sich mit Meech und Lorran in dessen mikroskopischem Labor. Kalep, Sifter und Doreen saßen draußen in der Ordination. Sifter und Kalep wechselten sich dabei ab, in regelmäßigen Abständen innerhalb des Schirmfelds einen Rundgang um das Haus zu machen. Von den Areks war nichts zu hören. Entweder hatten sie sich zurückgezogen, oder sie warteten auf eine günstige Gelegenheit zum Angriff. Julian war sicher, daß die Luft draußen von Mikrokugeln erfüllt war.

Doreen hatte aus Lorrans Vorräten inzwischen etwas zu essen bereitet. Julian und der Arzt machten eine Pause, während Meech weiterhin unermüdlich an dem großen Mikroskop arbeitete.

Während er an seinem Sandwich kaute, kam Julian ein Gedanke.

»Was ist eigentlich mit Pete Baerman?« fragte er Lorran. »Hat jemand ihn gesehen oder etwas von ihm gehört?«

Lorran schüttelte den Kopf.

»Nicht das geringste. Er ist wie vom Erdboden verschwunden.«

Er machte ein Gesicht, als sei es seine Schuld. Julian biß ein Stück Sandwich ab.

»Warum umschrieben Sie Meech so vorsichtig als ›Wesen dieses Typs‹, als wir über die Entfernung der Mikrokugel aus Meechs Gehirn sprachen?« erkundigte er sich.

Die Frage schien Lorran unangenehm.

»Jedermann weiß, daß Doreen gestern nacht versucht hat, mit Meech – na, sagen wir in engeren Kontakt zu kommen. Man mag über sie denken, was man will, aber wer wollte ihr die Blamage antun, vor allen Leuten darüber aufgeklärt zu werden, daß der Mann ihrer plötzlich erwachten Wünsche ein Roboter ist?«

Julian lächelte. Der Grund war plausibel. Was ihn wunderte, war Lorrans halb besorgter, halb verärgerter Tonfall, in dem er die Antwort gab.

»Doreen weiß also nichts von Meechs wahrer Natur?«

Lorran antwortete nicht. Erst nach einer Weile meldete er sich wieder zu Wort.

»Weil wir gerade darüber sprechen, Sir – da ist etwas, worüber ich gerne mit Ihnen reden wollte.«

Julian sah ihn erstaunt an.

»Nur zu!« forderte er ihn auf. »Was ist es?«

Die Entwicklung schien Lorran zu rasch zu kommen. Er betrachtete sein Sandwich von allen Seiten, während er sich die Worte zurechtlegte, die er sagen wollte.

Dann kam etwas dazwischen. Die Tür wurde plötzlich aufgerissen, und Sifter stürmte herein.

»Da draußen schießt irgend jemand mit einem Strahler um sich«, stieß er hervor.

Sie waren im Nu auf den Beinen. Sifter hatte recht. Von Zeit zu Zeit erhellte schwacher Lichtschein die Nacht, wie von einem weit entfernten Wetterleuchten, und regelmäßig ein paar Sekunden danach war das typische Fauchen einer Strahlerentladung zu hören.

»Pete!« rief Kaleps hohe Stimme. »Das ist Pete!«

Julian gab ihm recht. Es mußte Pete Baerman sein – es sei denn, die Mikrokugeln hatten den Areks inzwischen beigebracht, wie man Strahler benutzte; das aber war eine äußerst unwahrscheinliche Annahme.

Pete Baerman war also irgendwo dort draußen in der Nacht und schoß mit einem Strahler um sich. Der Gedanke lag nahe, daß er den Verstand verloren hatte und das Feuer veranstaltete, weil es ihm Spaß machte. Es bestand jedoch auch die Möglichkeit, daß er im Auftrag einer der Mikrokugeln handelte.

Julian hatte plötzlich eine Idee. Wenn Pete Baerman unter dem Einfluß einer Mikrokugel stand – welch bessere Möglichkeit gab es dann, über die rätselhaften Gebilde Aufschluß zu erhalten, als Pete hierherzubringen und ihn auszufragen? Wahrscheinlich würde die Kugel, die sein Gehirn beherrschte, keine der Fragen beantworten. Aber allein aus seinem Verhalten konnten unzählige wichtige Schlüsse gezogen werden.

Es gab nur einen, der für dieses Unternehmen in Betracht kam.

Meech Hannigan.

Julian gab dem Robot den entsprechenden Auftrag. Auf die erstaunten Fragen der anderen ging er nicht ein. Plötzlich war er von dem Gedanken besessen, daß jede Minute kostbar sei. Er beobachtete Meech, wie er eine schützende Feldblase um sich legte und unter dem Schirmfeld, das das Haus umgab, hindurchschritt, ohne daß die geringste Feldlücke auftrat. Er sah ihm nach, als er in die Nacht verschwand.

Diesmal würde es ihm keine Schwierigkeiten bereiten, Pete Baerman zu finden. Pete verriet seinen Standort zu deutlich. Es würde nur ein paar Minuten dauern, bis er ihn gefunden und hierhergebracht hatte.

Meechs breitschultrige Gestalt verschmolz mit der Finsternis. Das Geräusch seiner Schritte war noch zu hören – bis irgendwo im Westen der Himmel kurz aufflackerte und Augenblicke später das Fauchen eines Schusses herüberdrang.

Julian hatte plötzlich eine alptraumhafte Version. Meech entfernte sich, wie er es ihm aufgetragen hatte. Meech war derjenige, der das Sperrfeld im Innern des kleinen Glasbehälters mit Energie versorgte. Während er sich entfernte, würde er die Energiezufuhr erhöhen, damit das Feld in seiner ursprünglichen Stärke bestehen blieb. Aber wie weit konnte er sich entfernen, bevor er einfach nicht mehr in der Lage war, dem Projektor die nötige Energie zuzuführen?

Julian wandte sich um und lief ins Haus zurück. In wilder Hast durchquerte er den Hausflur. Er hatte den Griff der Tür zum mikroskopischen Labor schon in der Hand, da hörte er von drinnen einen dumpfen Knall.

Er wich zurück und zog den Strahler aus dem Gürtel. Vorsichtig, ohne ein Geräusch zu machen, drückte er den Griff nach unten und öffnete die Tür.

Er erstarrte, als er sah, was sich inzwischen getan hatte.

Die beiden Fremden waren ebenso überrascht wie er. Er besaß die schnellere Reaktionsfähigkeit. Das rettete ihm das Leben. Er sah, wie eines der beiden Wesen sich vornüberbeugte und mit einem langen, rohrähnlichen Ding wieder in die Höhe kam. Die Mündung des Rohrs richtete sich auf ihn. Er sah das gefährliche rote Glimmen im Innern der Waffe.

Mit einem Ruck warf er sich zur Seite. Noch bevor er wieder Halt fand, begann er zu schießen. Das Wesen mit dem Rohr verschwand in einer Flammensäule. Das andere war bis zur Wand zurückgewichen. Die vier Arme waren in zuckender, schlangengleicher Bewegung. Vier vielfingrige Hände zerrten an einem Instrument, das ebenfalls nichts anderes als eine Waffe sein konnte.

Julian ging kein Risiko ein. Eine halbe Sekunde genügte ihm, um den Strahler auf schärfste Bündelung einzustellen. Er zielte sorgfältig und traf den Fremden hoch in der linken Schulter. Das Wesen gab ein gurgelndes Geräusch von sich. Alle vier Arme fuhren gleichzeitig in die Höhe.

Der Fremde brach zusammen und rührte sich nicht mehr.

Die Rückwand des Labors war von Julians erster Salve entzündet worden. Kleine Flammen leckten über den Wandbelag und liefen zur Decke hinauf. Julian entdeckte einen kleinen Eimer, füllte ihn über dem Handwaschbecken mit Wasser und löschte das Feuer. Dampf und Qualm zogen durch den kleinen Raum. Von dem ersten der beiden Fremden war nichts übriggeblieben. Aber der zweite hatte nur eine kleine Brandwunde. Julian stellte sich vor ihn und betrachtete ihn.

Er war höchstens einen Meter sechzig groß. Die beiden Beine waren kurz und äußerst stämmig, etwa dreißig Zentimeter lang und fünfzehn im Durchmesser. Sie wuchsen aus einem Leib, der keinerlei Gliederung aufwies und wie ein ungefüger, viereckiger Kasten aussah. Der Fremde besaß zwei Paar Arme. Das obere wuchs seitlich aus den Schultern des kastenförmigen Körpers, das untere aus der Körpermitte. Das untere Armpaar wirkte beträchtlich stärker und länger als das obere.

Einen Hals schien der Fremde nicht zu besitzen. Ein kleiner Kopf, wie eine Halbkugel geformt, saß unmittelbar auf den Schultern. Zwei kreisrunde, große Augen saßen weit auseinander im oberen Drittel des Schädels. Eine Nasenöffnung war nicht zu sehen. Die Ohren waren eine formlose, knorpelige Masse ziemlich dicht am unteren Rand des Kopfes und merkwürdig weit nach hinten gerückt. Der Mund war ein feiner, schmaler Strich etwa halbwegs zwischen den Augen und der Schulter.

Die Hautfarbe des Fremden war ein glänzendes Schwarzblau. Er trug eine Montur, die den Kopf, die vier Arme und die untere Hälfte der Beine freiließ. Sie bestand aus einem mattschimmernden, dunkelgrauen Material. Die Füße steckten in Schuhen, deren Form den Schluß zuließ, daß die Zehenpartie des Fußes weitaus breiter war als die Ferse.

Auf dem Rücken trug der Unbekannte eine Reihe von Instrumenten, deren Funktion Julian vorerst noch verborgen blieb. Sie wirkten unbeholfen, als wären sie in aller Eile aus schlecht passenden Einzelteilen zusammengesetzt worden. Julian ließ es einstweilen unbeachtet. Meech konnte sich um die Geräte kümmern, wenn er zurückkam.

Julian beugte sich über den Reglosen und beobachtete sein Gesicht. Er entdeckte eine winzige Hautfalte zwischen den weit auseinanderstehenden Augen, die sich rhythmisch hob und senkte. Sie gehörte zur Atemöffnung des Fremden. Er atmete, also war er nur bewußtlos.

Jemand kam den Gang entlanggepoltert.

Die Tür flog auf.

»Ich dachte, ich hätte was gehört«, sagte Doc Lorrans besorgte Stimme. »Ich – ach du meine Güte!«

Er hatte die Verwüstungen wahrgenommen, die Julians Strahlerschuß angerichtet hatte, und den bewußtlosen Fremden entdeckt. Sprachlos vor Überraschung kam er näher.

»Was – was ist das?« stieß er schließlich hervor.

Julian stand auf. Ohne den Blick von dem Bewußtlosen zu wenden, antwortete er:

»Das ist einer von den Humdinger-Menschen – wenn mich nicht alles trügt.«

Von draußen war Lärm zu hören. Eine laute, klare Stimme, die Julian zunächst nicht erkannte, rief:

»Ich möchte mit dem Marschall sprechen!«

»Das ist Pete«, stieß Lorran überrascht hervor.

Julian drückte ihm seinen Strahler in die Hand.

»Passen Sie auf den Fremden auf«, befahl er ihm. »Wenn er zu sich kommt und zu entfliehen versucht, schießen Sie. Aber nach Möglichkeit so, daß er nur verwundet wird.«

Lorran nickte stumm. Julian lief hinaus. Pete Baerman stand im Lichtkegel einer Lampe, die Meech auf ihn gerichtet hielt, auf der anderen Seite des Feldschirms. Er unterhielt sich mit Sifter und Kalep, die dicht am Innenrand des Feldes standen. Doreen saß auf der Stufe, die zu Lorrans Haustür führte, als ginge sie alles nichts an.

Kalep und Sifter wichen zur Seite, als Julian auf die Gruppe zutrat. Meech, der drei Meter von Pete entfernt ebenfalls noch außerhalb des Schirms stand, erstattete Bericht.

»Ich fand ihn leicht, Sir. Er schlich um die Häuser herum und machte Jagd auf die Areks.«

Julian musterte Pete. Er schien sich verändert zu haben. Er wirkte aufrecht und selbstbewußt. Als er zu sprechen begann, klangen seine Worte ruhig und überlegt.

»Ich bin Ihnen Rechenschaft schuldig, Sir, obwohl ich nicht weiß, wie ich über alles, was bis vor zehn oder fünfzehn Stunden geschah, abrechnen kann. Ich glaube, ich war nicht mehr ganz richtig im Kopf. Die Dinge stürzten auf mich ein, und ich wußte nicht, was ich tat. Ich dachte, ich könnte Ihre Theorie über den Haufen werfen, indem ich die Areks in die Stadt ließ und bewies, daß sie uns keinen Schaden zufügen konnten. Nun«, er zuckte mit den Schultern, »mir sind in der Zwischenzeit eine ganze Reihe von Lichtern aufgegangen.«

Julian bemühte sich, seine Verwirrung nicht zu zeigen. Pete Baerman benahm sich völlig normal – normaler, als er ihn je erlebt hatte. Die Mikrokugeln schienen ihm nichts anhaben zu können.

Oder hatten sie eine neue Taktik entwickelt? Verzichteten sie darauf, die Verhaltensweise ihres Opfers zu beeinflussen, so daß ihre Anwesenheit verborgenblieb?

Für den Augenblick hielt Julian dies für die plausiblere Antwort.

»Wo waren Sie, bevor Sie Joe Kalep niederschlugen und das Schirmfeld außer Betrieb setzten?« erkundigte er sich.

Pete warf Kalep einen kurzen Blick zu und lächelte.

»Tut mir leid, Joe«, sagte er leise, wandte sich an Julian und fuhr fort: »Ich war mit Kalep in der Baracke, Sir. Zuerst wollte er mich nicht haben und Meech Hannigan herbeirufen, aber irgendwie muß ich wohl Mitleid erregt haben, und er ließ mich bleiben.«

Julian wandte sich an Kalep. Kalep nickte niedergeschlagen und bestätigte:

»Ja, so war es, Sir, ganz genau, wie er sagt. Ich hatte einfach nicht das Herz, ihn wegzuschicken.«

Das war die Erklärung, warum Meech ihn nicht gefunden hatte. Meech mußte annehmen, daß jeder der Siedler ihm sofort Nachricht gab, sobald Pete Baerman gesehen wurde. Weil Joe Kalep sich ununterbrochen in der Baracke aufhielt, gab es für ihn keinen Grund, dort nachzusehen.

»Wie kamen Sie darauf«, fragte Julian, »einen Privatkrieg gegen die Areks zu veranstalten?«

»Weil ich sah, saß Sie recht hatten, Sir. Sie behaupteten, die Areks trügen mikroskopisch kleine Fremdkörper in ihren Gehirnen, die nur darauf warteten, daß sie auf uns Siedler überspringen und uns unter ihren Willen zwingen konnten. Ich lachte darüber – aber dann erlebte ich am eigenen Leib, wie richtig Ihre Hypothese war.«

»Sie?« fragte Julian überrascht.

»Ja, Sir. Das Schirmfeld war kaum zusammengebrochen – ich war Hals über Kopf aus Joes Baracke geflohen – da stieß ich mit zwei Areks zusammen. Sie wirkten völlig normal. Ich glaubte schon, den besten Beweis gegen Ihre Theorie vor mir zu haben, da spürte ich, wie sich etwas in meinem Gehirn zu schaffen machte. Es war ein eigenartiges Gefühl, schwer zu beschreiben – ungefähr so, als grübe jemand in meinen Verstand ein Loch, durch das alle Gedanken hinausflossen. Ein paar Augenblicke lang wußte ich nicht mehr, was ich tun wollte, was ich zuletzt getan hatte, wo ich war und selbst *wer* ich war. Der Spuk verschwand so schnell, wie er gekommen war. Aber er jagte mir einen Heidenschreck ein. Seitdem mache ich auf die Areks Jagd. Ich nehme an, wenn ich sie unschädlich mache, dann vernichte ich gleichzeitig auch, was in ihren Gehirnen sitzt.«

Julians Verstand arbeitete fieberhaft. Wenn Petes normales Gehabe nur eine Finte der Mikrokugel war, die in seinem Schädel saß, dann mußte man ihr zubilligen, daß sie eine teuflisch kluge Taktik entwickelt hatte.

Oder bestand die Möglichkeit, daß Pete wirklich normal war?

»Sie behaupten also, im Augenblick völlig Herr Ihres Verstands zu sein und aus eigenem Antrieb zu handeln?« fragte er.

»Ja, Sir«, gab Pete zurück. »Ich verstehe allerdings, daß Sie mir nicht trauen können. Dies alles könnte eine Finte der Mikrokugel sein. Ich bin bereit, hier draußen zu bleiben.«

Julian nickte ihm zu.

»Gut, daß Sie das einsehen. Ich kann keine andere Entscheidung treffen.« Er befahl Meech, sich ins Innere des Schirmfelds einzuschleusen.

»Haben Sie eine Ahnung«, fragte er Pete, »warum sich keine der Mikrokugeln in Ihrem Gehirn für dauernd angesiedelt hat?«

Pete warf ihm einen erstaunten Blick zu.

»Ich dachte, das wäre ganz normal«, antwortete er. »In den Gehirnen der Areks erzeugen sie Verwirrung und Wahnsinn, in unseren können sie auf die Dauer nicht existieren. Ich ...«

»Das ist unrichtig«, unterbrach ihn Julian. »Eine der Kugeln hat sich in meinem Schädel so wohlgefühlt, daß Doc Lorran sie operativ entfernen mußte.«

Pete starrte nachdenklich vor sich hin.

»Nein, Sir«, antwortete er schließlich, »dann weiß ich keine Erklärung.«

Meech hatte sich inzwischen durch das Schirmfeld hindurchgearbeitet. Julian wies Pete an, sich in der Nähe von Doc Lorrans Haus aufzuhalten, so daß man ihn ständig erreichen konnte. Dann wandte er sich ab. Meech schritt vor ihm her auf das Haus zu. Doreen stand von der Stufe auf und ging ein paar Schritte zur Seite.

Bevor Julian durch die Tür trat, rief Pete ihn noch einmal an.

»Bitte, Sir, sagen Sie Lorran, daß es keinen Zweck mehr hat, Versteck zu spielen. Sagen Sie ihm, daß ich weiß, daß die Lage hundertmal ernster ist, als wir beide bisher angenommen haben.«

Julian wollte sich erkundigen, was die Botschaft bedeutete, unterließ es dann jedoch. Er nickte Pete zu und trat ins Haus.

Doc Lorran war noch auf seinem Posten. Der blauschwarze Fremde hatte sich noch nicht gerührt. Lorran sah auf, als Meech und Julian eintraten. Mit ratlosem Kopfschütteln wies er auf den reglosen Körper.

»Zuerst ging alles viel zu schnell«, sagte er, »aber inzwischen habe ich angefangen, mir Gedanken zu machen. Zum Beispiel: Wo kommt der Kerl eigentlich her?«

Julian ging um den Bewußtlosen herum und stieß mit der Stiefelspitze gegen ein paar Glasscherben, die auf dem Boden lagen. Er trat auf sie, so daß sie mit knirschendem Geräusch zerbrachen.

»Erinnert Sie das an etwas?« fragte er Lorran.

»Ja, natürlich. An den Glasbehälter, der zersprungen war, als wir vom Sendegebäude zurückkamen. Wir hatten die Mikrokugel darin aufbewahrt, die die Sonde aus dem Gehirn des Arek entfernt hatte. Der Behälter war zersprungen und die Kugel verschwunden.«

»Genauso wie hier«, ergänzte Julian. »Der Behälter ist zersprungen, und wenn wir nicht so verdammt scharf aufgepaßt hätten, wären die beiden Kugeln wiederum verschwunden.«

Doc Lorran starrte ihn an – den Mund weit offen und einen Ausdruck ungläubigen Staunens in den Augen.

»Ganz richtig«, nickte Julian und deutete auf die Wand. »Einen der beiden mußte ich aus dem Weg schaffen, weil er gefährlich wurde. Aber der andere ist noch hier. Dieses Wesen, Lorran, war vor einer halben Stunde noch eine Mikrokugel!«

Er hatte ziemlich laut gesprochen. Der Bewußtlose begann sich plötzlich zu regen. In die großen Augen kam Leben. Der Mund öffnete sich und stieß einen Laut aus, der wie »Haach« klang.

9.

Julian hatte keine Zeit, sich um Lorran zu kümmern, den der Schock völlig überwältigt hatte. Das blauschwarze Wesen war zu sich gekommen und richtete sich auf. Die großen Augen sahen sich suchend um, aber der starre Ausdruck des Gesichts änderte sich nicht. Die Wesen aus der Humdinger-Ballung schienen keine Mimik zu besitzen.

Der Fremde fuhr mit einem Schrei in die Höhe. Dafür, daß er bis vor wenigen Sekunden noch bewußtlos gewesen war, entwickelte er eine erstaunliche Zielsicherheit. Julian, von soviel Reaktionsschnelligkeit einen Augenblick lang aus dem Konzept gebracht, wich rasch zur Seite und zog Lorran dabei mit sich. Der Fremde warf sich nach vorn. Seine Absicht war unverkennbar.

Zwei Meter vor ihm lag die rohrförmige Waffe, die er fallengelassen hatte, als Julian ihn verwundete.

Er bekam sie nicht zu fassen. Meech war schneller. Mit einer Geschwindigkeit, der das Auge nicht folgen konnte, stieß seine Hand herab und packte den Fremden am Kragen seiner schimmernden Montur. Meech riß ihn in die Höhe und stellte ihn auf die Füße. Dabei drehte er sich den losen Kragen um die Finger, bis er die untere Schädelpartie des Fremden einzuschnüren begann.

Der Blauschwarze begriff die Situation und rührte sich nicht mehr.

»Meech, du kümmerst dich um ihn«, befahl Julian. »Ich muß wissen, was für Geräte er da mit sich herumträgt. Vorgehensweise Typ Null, ist das klar?«

»Klar, Sir«, antwortete der Robot.

Lorran kam allmählich wieder zu sich.

»Das – das ist unmöglich!« brach es aus ihm hervor. »Wie kann er – sich so verkleinert haben? Dreieinhalb Mikron ... ich weigere mich, das zu glauben!«

Julian hieb ihm so heftig auf die Schultern, daß er zusammenzuckte.

»Geduld«, mahnte er ihn. »Meech ist schon an der Arbeit. In ein paar Stunden werden wir wissen, wie alles zugeht.«

Meech hatte den Gefangenen auf den Boden gelegt, mit dem Gesicht nach unten. Es war beeindruckend zu sehen, wie er ihn mit der linken Hand niederhielt, so daß der Fremde kaum eine Bewegung machen konnte, während er mit der rechten die Geräte demontierte. Dabei gebrauchte er seine Finger so geschickt, daß sie je nach Bedarf als Hebel, Schraubenschlüssel oder Keil arbeiteten. Einer der Kästen nach dem andern löste sich vom Rücken des Fremden und glitt auf den Boden. Der Blauschwarze resignierte. Die strampelnden Bewegungen seiner kurzen Beine wurden matter und hörten schließlich ganz auf. Es sah so aus, als ergäbe sich der Gefangene in sein Schicksal.

Julian wandte sich an den Arzt.

»Wir haben hier im Augenblick nichts verloren«, meinte er. »Ich schlage vor, wir gehen nach draußen.«

Lorran nickte geistesabwesend. Sie traten hinaus auf den Gang. Lorran wollte vorausgehen, aber Julian hielt ihn zurück.

»Ich habe mich mit Pete Baerman unterhalten«, sagte er, »und Pete bat mich, Ihnen etwas auszurichten.«

Lorrans massiger Schädel ruckte in die Höhe. In seinen Augen lag ein Ausdruck von Angst und Verzweiflung.

»Ja ...?« fragte er gedehnt.

»Pete meint, das Versteckspiel müßte aufhören. Er weiß jetzt, daß die Gefahr hundertmal größer ist, als er ursprünglich glauben wollte.«

Eine volle Minute lang stand Lorran reglos und starrte ihn an. Dann wandte er sich mit einer entschlossenen Bewegung um und deutete auf die Tür zur Ordination.

»Wenn Sie nichts dagegen haben, Sir, hätte ich gerne etwas mit Ihnen besprochen.«

»Wir haben genug Zeit«, antwortete Julian. »Ich erinnere mich, daß Sie sagten, Sie hätten etwas zu bereden.«

Lorran brachte ein schwaches Lächeln zuwege.

»Das ist gut«, gab er zurück. »Vielleicht zählt das zu meinen Gunsten, wenn die Abrechnung kommt.«

Sie betraten die Ordination. Der Raum sah noch so aus, wie sie ihn vor einer Stunde zurückgelassen hatten. Stühle und sonstige Sitzgelegenheiten standen unordentlich herum. Zigarettenreste lagen auf dem Boden. Ein Hauch von Doreens Parfüm hing noch in der Luft.

Julian setzte sich in den Zahnarztstuhl. Lorran ging ein paarmal vor ihm auf und ab. Schließlich blieb er stehen und sah ihn an.

»Fünf Menschen, mit allem ausgerüstet, was die terranische Zivilisation zu bieten hat, landen auf einer fremden Welt«, begann er mit fester Stimme. »Um genauer zu sein – vier Männer und eine Frau, vom Siedlungsamt nach modernsten wissenschaftlichen Methoden ausgewählt, aber eben doch nichts weiter als Menschen.

Die ersten Wochen und Monate waren voller Aufregung. Niemand bedauerte es, nach Filchner gekommen zu sein. Wir waren die perfekte Siedlergruppe. Pete Baerman kümmerte sich um die wissenschaftlichen Aspekte, Sifter und Kalep waren Techniker und brachten die Maschinen und vollautomatischen Herstellungsanlagen in Gang, außerdem nahmen sie Kontakt mit den Eingeborenen auf und sorgten dafür, daß sich unsere Siedlung harmonisch in den Alltag der Areks einfügte. Auch ich hatte von Anfang an alle Hände voll zu tun. Ich war nicht nur Arzt, sondern auch Biologe, und es gab vieles, worum das Experimentalkommando sich nicht hatte kümmern können. Zu meiner großen Freude riß sich auch ab und zu einer einen Splitter in die Hand, verstauchte sich einen Knöchel oder tat sonst etwas, so daß er ärztliche Hilfe brauchte.

Im Grunde genommen gab es nur einen, der nie richtig ausgelastet war – Doreen Baerman. Die Psychologen des Siedlungsamtes hatten in ihr eine Art Stabilisierungspunkt gesehen, verstehen Sie? Den Stern des ewig Weiblichen, der uns in der Nacht der Einsamkeit leuchten und uns einen Halt geben sollte.«

Seine Stimme hatte einen sarkastischen Klang angenommen.

»Ich habe noch nie eine schlimmere Fehlkalkulation gesehen«, fuhr er fort. »Doreen war nicht beschäftigt, und auch mir ging die Arbeit aus, nachdem ich die wichtigsten Pflanzen und Tiere untersucht und katalogisiert hatte. Die anderen nahmen sich inzwischen in acht, und keiner brauchte mehr einen Arzt. Ich fing an, mich um Doreen zu kümmern, von der privaten Seite her. Sie war so gelangweilt, daß sie selbst dem unscheinbarsten, häßlichsten Mann in die Arme geflogen wäre, wenn er ihr nur ein Zeichen dazu gegeben hätte. Ich besuchte sie jeden Tag mindestens einmal, manchmal kam sie auch zu mir. Natürlich gaben wir uns Mühe, daß niemand etwas davon merkte. Das war nicht schwierig. Kalep und Sifter waren meistens irgendwo draußen, und Pete steckte bis über beide Ohren in seiner Arbeit.

Aber schließlich kam er doch dahinter, und damit begann die Katastrophe. Er nahm die Sache so entsetzlich ernst, wie weder Doreen noch ich es hatten voraussehen können. Von einem Tag zum andern war er ein gebrochener Mann. Er betrank sich. Er schrie seinen Jammer in alle Welt hinaus. Sifter und Kalep erfuhren davon.

Pete wurde krank. Ich behandelte ihn und brachte ihn wieder auf die Beine. Aber in der Zwischenzeit hatte er täglich Beruhigungsmittel genommen und war süchtig geworden. Er brauchte täglich zwei oder drei Dosen eines Morphium-Derivats, das er nur von mir bekommen konnte. Ich sah wenig

Sinn in einem Heilungsversuch. Wir sind auf alles eingerichtet, was der menschliche Verstand sich ausdenken kann, aber Rauschgiftsucht wurde nie zu den Übeln gezählt, die einer jungen Siedlung gefährlich werden konnten.

Ich gab Pete also, was er brauchte. Als Gegenleistung teilte er Doreen mit mir. Die Siedlung wurde nie wieder das, was sie zu Anfang war. Sifter und Kalep verachteten uns. Wir spürten innerlich, daß wir die Verachtung verdienten, und ließen in unseren Bemühungen noch mehr nach. Pete vernachlässigte seine Arbeit und trieb sich ziellos irgendwo draußen herum. Ich verbrachte ganze Tage mit Doreen.

Dann kamen Sie. Plötzlich war es mit unserer trügerischen Ruhe vorbei. Kalep oder Sifter hätten Ihnen die Augen über den wahren Stand der Dinge in Rivertown öffnen können. Das Aushändigen von Rauschgiftpräparaten zu anderen als Heilzwecken ist strafbar. Sie würden mich mit zur Erde nehmen und vor Gericht stellen, Pete bekäme sein Morphiat nicht mehr, und Doreen hätte ihren Liebhaber verloren.

Wir hatten nur noch eine Chance – wir mußten Sie dazu bewegen, Filchner so rasch wie möglich wieder zu verlassen. Aber auch das schlug fehl. Und mittlerweile, weiß der Himmel, bin ich froh, daß wir keinen Erfolg hatten. Man kann eine Schuld nur eine bestimmte Zeit mit sich herumtragen, bevor man zusammenbricht. Und außerdem steht das Schicksal der ganzen Siedlung auf dem Spiel und wiegt hundertmal schwerer als unsere privaten Sorgen.«

Er schwieg. Den Blick zu Boden gerichtet, ging er ein paar Schritte quer durch den Raum und ließ sich auf einem der Stühle nieder. Das grelle Deckenlicht ließ sein Gesicht wie eine weiße Maske erscheinen.

Julian sah ihn an.

»Das«, sagte er ernst, »ist eine der unappetitlichsten Geschichten, die ich je gehört habe.«

Lorran nickte wortlos.

»Sie waren sich über die Konsequenzen von vornherein im klaren«, fuhr Julian fort, »und es hat sich selbstverständlich nichts geändert. Sollten wir den Angriff der Fremden überleben, dann kommen Pete und Sie mit mir zur Erde. Pete wird entwöhnt, Sie verantworten sich vor Gericht. Doreen kann frei entscheiden, ob sie hierbleiben oder mitkommen will; ich werde ihr jedoch stärkstens empfehlen, Filchner zu verlassen. Das Siedleramt wird Ersatz für die drei schicken – oder den Siedlungsplan völlig umkrempeln und eine größere Gruppe von Kolonisten hier ansiedeln. Das liegt alles in ferner Zukunft. Wir brauchen uns heute den Kopf noch nicht darüber zu zerbrechen. Ich erwarte von Ihnen und Pete, daß Sie wenigstens einen Teil Ihrer Schuld dadurch abzutragen versuchen, daß Sie mit Kalep, Sifter und mir voll zusammenarbeiten, bis wir die Gefahr überstanden haben, die uns bedroht. Im übrigen hätten Sie sich um Kalep und Sifter keine Sorgen zu machen brauchen. Ich habe von keinem von beiden auch nur ein einziges abfälliges Wort über Sie, Doreen oder Pete zu hören bekommen.«

Er stand auf und wandte sich zur Tür hin, blieb aber plötzlich wieder stehen, als ihm ein Gedanke kam.

»Warum, in Dreiteufelsnamen«, fragte er ärgerlich, »halten Sie es nicht so wie Kalep und Sifter und suchen sich eine Freundin unter den Areks?«

Lorran machte eine verzweifelte Geste.

»Sie übersehen dabei«, antwortete er niedergeschlagen, »daß die Areks sehr scharf umrissene Vorstellungen von menschlicher Schönheit haben. Schön sind große, schlanke Männer und kleine, dicke Männer. Als häßlich betrachten sie kleine, dünne Männer – aber der wahre Abgrund an Häßlichkeit ist ein großer und dicker Mann.« Er stand auf. »Sehen Sie mich an. Ein einziges Mal getraute ich mich in eine Arek-Siedlung. Die Mädchen liefen vor mir weg und lachten hinter mir drein. Glauben Sie mir, ich hatte nicht die geringste Aussicht.«

Julian empfand einen Lachreiz, den er nur schwer unterdrücken konnte.

»Ich will Ihr – sagen wir: Verdienst am Zustandekommen dieser Lage nicht schmälern«, wandte er sich in versöhnlicherem Tonfall an Lorran, »aber es sieht so aus, als hätten Sie sich von Anfang an in einer Umgebung befunden, die zum Versagen förmlich herausforderte. Ich wäre nicht erstaunt, wenn das Siedlungsamt nach Bekanntwerden dieses Falles die Hypothese von der Wirksamkeit kleiner Siedlergruppen vollständig verwürfe.«

Lorran stand mit hängenden Armen, den Blick zu Boden gerichtet. Julian versuchte ihn sich vorzustellen, wie er früher gewesen war – ein weltgewandter, intelligenter, anziehender Mann, dem alle Wege offenstanden. Was hatte ihn dazu verleitet, nach Filchner zu kommen, als Mitglied einer fünfköpfigen Siedlergruppe? Er würde es nie erfahren. Vielleicht wußte es Lorran selbst nicht. Es gibt Triebkräfte, deren Ursprung selbst dem verborgen bleibt, der sie empfindet.

»So groß das Unglück auch sein mag«, sagte Julian, »ein klein wenig Gutes bringt es doch mit sich.«

Ein paar Sekunden vergingen, bis Lorran begriff, was er gesagt hatte. Er hob den Kopf mit einem Ruck und sah Julian verwundert an.

»Pete Baerman läuft draußen herum, ohne daß die Mikrokugeln ihm etwas anhaben können«, erklärte Julian. »Ich weiß jetzt, warum das so ist. Wo bewahren Sie die Morphiate auf?«

Sifter und Kalep kauerten hinter dem Rand des Schirmfeldes und starrten in die Nacht hinaus. Pete Baerman war zur Seite gegangen und lehnte gegen die Seitenwand des Hauses, das Kalep gehörte. Das Licht der Sterne ließ die Umrisse seiner gedrungenen Gestalt erkennen.

Die Nacht war still. Julian fragte sich, was in den Gehirnen der Areks vorging, die dort draußen irgendwo lauerten. Die Mikrokugeln hatten sich ohne Zweifel zum Teil schon selbständig gemacht und schwirrten in der Luft umher. Da draußen mußte es eine ganze Menge Areks geben, die plötzlich wieder Herr ihres Verstandes waren und sich fragten, was sie nach Rivertown gebracht hatte.

Lorran kam mit einem Armvoll kleiner Schachteln. Wortlos verteilte er sie an Sifter, Kalep und Doreen. Die beiden Männer musterten ihn verwundert. Sie wußten, daß etwas vorgefallen war, aber keiner von ihnen stellte eine Frage. Mißtrauisch betrachteten sie die kleinen Schachteln, die Lorran ihnen gegeben hatte, und öffneten sie. Jede enthielt eine Ampulle mit zehn grünlichgelben Pillen.

Julian hielt es für an der Zeit, eine Erklärung zu geben.

»Während Sie hier draußen Wache hielten«, begann er, »hat sich drinnen allerhand getan.«

Er berichtete von der Entdeckung der beiden fremden Wesen in Lorrans Mikroskoplabor. Sifter und Kalep waren erstaunt, unterbrachen ihn jedoch mit keinem Wort. Er versuchte nicht, ihnen die unwahrscheinliche Verwandlung von einer mikroskopisch kleinen Kugel in ein Gebilde von Menschengröße zu erklären, sondern vertröstete sie darauf, daß Meech dem Geheimnis, das die Fremden mit sich herumtrugen, rasch auf die Schliche kommen würde.

Dann ging er mit ein paar Worten auf Lorrans Geständnis ein. Er sprach laut, so daß auch Pete Baerman außerhalb des Schirmfeldes hören konnte, was er sagte.

»So unerfreulich diese Angelegenheit auch immer sein mag«, schloß er, »sie hat uns einen weiteren Schritt vorwärtsgebracht. Wir wissen nun, daß die Wirksamkeit der Mikrokugeln sehr stark von der Beschaffenheit des Gehirns abhängt, in dem sie sich niederlassen. Wir haben beobachtet, daß das Arek-Gehirn eine äußerst ungünstige Umgebung für die Kugeln ist. Sie bringen es zwar fertig, den Arek vermittels mechano-hypnotischer Beeinflussung unter ihren Willen zu zwingen, erzeugen dabei jedoch einen Zustand des Irrsinns, den sie nicht völlig unter ihre Kontrolle bringen können. Im menschlichen Gehirn scheinen sie sich wohlzufühlen, und vermutlich hätten sie sich in unseren Schädeln ihres Auftrags voll und ganz entledigen können, wenn wir ihnen Gelegenheit dazu gegeben hätten. Ein menschliches Gehirn unter dem Einfluß von Rauschgift dagegen stellt für sie jedoch ein gefährliches Gelände dar. Wir kennen den Grund noch nicht. Wahrscheinlich handelt es sich um Interferenz zwischen den Ausstrahlungen des gestörten Gehirns und denen des mechano-hypnotischen Geräts, das sie benutzen. Ein Mensch, der unter dem Einfluß von Morphiat steht, ist vor ihnen völlig sicher.

Das ist unsere Hypothese. Wir wissen nicht, ob sie richtig ist. Was wir brauchen, ist jemand, der bereit ist, eine von Doc Lorrans Pillen zu schlucken und dort hinauszugehen.«

Joe Kalep riß den Arm in die Höhe und sagte mit seiner schrillen Stimme: »Ich!«

Julian nickte ihm zu.

»Nehmen Sie eines von den Dragees. Innerhalb von zwei Minuten wird es ein leichtes Schwindelgefühl erzeugen. Lassen Sie sich nicht davon stören. Gehen Sie hinaus, machen Sie eine Runde um den Schirm. Dann kommen Sie wieder zurück. Klar?«

»Klar, Sir.«

Er öffnete die Ampulle und nahm eine der Pillen. Julian schickte Lorran ins Haus zurück und trug ihm auf, auf den Gefangenen aufzupassen, während Meech eine Feldbrücke errichten würde, die Kalep den Durchtritt durch den Feldschirm ermöglichte, ohne das Feld selbst zu unterbrechen. Inzwischen stand Kalep, ein wenig vorübergebeugt und einen mißtrauischen Ausdruck im Gesicht, und wartete auf die Wirkung der Droge. Julian sah, wie er den Kopf schüttelte und sich mit der Hand über die Stirn fuhr. Dann ging er ein paar Schritte. Es sah so aus, als hätte er weiche Knie und müßte aufpassen, daß er den rechten Fuß nicht mit dem linken verwechselte. Er sah Julian an und hatte Schwierigkeiten, die Augen zu fokussieren.

»Ziemlich hochprozentiges Zeug«, krächzte er. »Verdammt noch mal, ich kann kaum stehen.«

Meech kam aus dem Haus. Julian gab ihm ein paar Anweisungen. Der Robot führte Kalep zum Rand des Feldes. Was er sonst noch tat, wurde nicht sichtbar. Auf jeden Fall stand Kalep plötzlich auf der anderen Seite des Schirms. Er warf Meech einen verwunderten Blick zu, dann begann er, am Rand des Feldes entlangzugehen.

Julian hielt den Atem an. Kalep bewegte sich zunächst langsam und vorsichtig. Als nichts geschah, gewann er Mut und schritt weiter aus. Er näherte sich der Hausecke, und Julian folgte ihm auf der Innenseite des Schirms, um ihn nicht aus den Augen zu verlieren. Er hatte Meechs Lampe an sich genommen und leuchtete Kalep damit an.

Mit jedem Schritt, den Kalep machte, wuchs seine Verwunderung. Er hatte erwartet, daß sich die Mikrokugeln schon während der ersten Sekunden auf ihr Opfer stürzten. War es möglich, daß sie inzwischen alle Reißaus genommen hatten?

Da blieb Kalep plötzlich stehen. Es sah aus, als sei er gegen eine unsichtbare Wand gestoßen. Julian sah, wie er sich an den Kopf griff und taumelnd eine halbe Drehung ausführte. Es schien, als wollte er stürzen. Erst im letzten Augenblick raffte er sich wieder auf. Er drehte sich vollends um und warf einen erstaunten Blick in den grellen Lichtkegel der Lampe.

»Ich glaube, das war's«, rief er aufgeregt. »Wie Pete sagte. Es fühlt sich an, als grüben sie einem ein Loch in den Verstand, durch das alles ausfließt.«

»Sind Sie sicher, daß alles wieder in Ordnung ist?« fragte Julian.

Kalep zögerte eine Weile. Er schien in sich hineinzuhorchen. Dann nickte er mit Nachdruck.

»Kann keinen Unterschied feststellen, Sir«, antwortete er.

Julian ließ ihn die Runde ums Haus vollenden. Es erfolgte kein zweiter Vorstoß. Die Mikrokugeln mußten ein System besitzen, mit dem sie sich untereinander verständigen konnten. Sie wußten, daß Joe Kalep immun war.

Kalep kehrte ins Innere des Schirms zurück. Schweiß stand ihm auf der Stirn. Julian reichte ihm die Hand. Ein dankbarer Händedruck brachte deutlicher als alles andere zum Ausdruck, wie er über Kaleps mutige Tat empfand.

Er wandte sich an die andern, die dem Vorgang mit ebensolcher Spannung gefolgt waren wie er selbst.

»Wir besitzen also ein Mittel gegen die Kugeln. Von jetzt an sind wir nicht mehr im Innern des Feldschirms gefangen. Das Mittel ist allerdings nicht völlig unschädlich. Wir werden uns daher weiterhin hier aufhalten und das Feld nur im Notfall verlassen. Derjenige, der hinausgeht, nimmt vorher eine Morphiat-Pille zu sich. Doc Lorran wird uns auseinandersetzen, wie lange die Wirkung einer einzelnen Dosis anhält und zu welchem Zeitpunkt eine zweite eingenommen werden muß, für den Fall, daß jemand gezwungen ist, sich länger als ein paar Minuten draußen aufzuhalten.« Er sah zu Pete Baerman hinüber und rief ihm zu: »Wie steht's mit Ihrem Vorrat?«

Pete lächelte schwach und zog eine kleine Ampulle aus der Tasche. »Ich bin selbst der beste Indikator«, gab er zurück. »Ich merke, wenn ich eine neue brauche.«

Julian kehrte mit Meech ins Haus zurück. Im Vorbeigehen bemerkte er Doreen, die seitwärts der Tür auf dem Boden hockte und mit leerem Blick vor sich hinstarrte. Er machte sich Sorgen um sie. Sie sah aus, als wäre all das, was sich im Laufe des letzten Tages zugetragen hatte, zuviel für sie gewesen. Er nahm sich vor, Doc Lorran zu bitten, daß er sich um sie kümmere. Aber als sie das Mikroskoplabor erreichten, wo Lorran auf den Gefangenen aufpaßte, hatte er den Kopf längst schon wieder so voll mit anderen Gedanken, daß er es vergaß.

Er schickte Lorran nach draußen. Der Gefangene lag auf dem Boden. Meech hatte ihn sorgfältig gefesselt, so daß er sich kaum rühren konnte. Seine großen Augen folgten ausdruckslos den Bewegungen um ihn herum.

Meech hatte die Geräte, die der Fremde getragen hatte, auf einem Tisch sortiert. Sie waren auseinandergenommen, so daß Julian ihr Inneres sehen konnte. Er hatte immer noch keine Ahnung, welchem Zweck sie dienten – aber ein Eindruck, den er zuvor schon gehabt hatte, verstärkte sich, während er das Durcheinander betrachtete. Die Wesen aus dem Humdinger-Nebel mochten hervorragende Techniker sein; aber auf merkwürdige Art und Weise wirkte das, was sie bauten, provisorisch und in aller Hast zusammengebastelt.

Er sah Meech an. Der Robot verstand die Aufforderung und begann zu erklären:

»Es gibt prinzipiell drei verschiedene Arten von Geräten, Sir. Eine davon«, er deutete auf einen würfelförmigen Kasten von zehn Zentimetern Kantenlänge, »dient der Fortbewegung. Ein Generator erzeugt ein Feld, dessen Struktur gravitatorisch ist. Der dazugehörige Projektor ist äußerst flexibel, so daß der Träger des Apparates sich mühelos und mit jeder gewünschten Geschwindigkeit in alle Richtungen bewegen kann. Die zweite Sorte von Gerät dient der Verständigung. Es handelt sich um eine Sende- und Empfangsanlage, die unserem Mikrokom nicht unähnlich ist. Allerdings gibt es eine Reihe von kleinen Zusatzgeräten, deren Funktion ich bislang erst annähernd ermitteln konnte. Sie scheinen dem Zweck zu dienen, eine Funksendung selbst durch den höchsten Störpegel hindurch zu übermitteln. Ich verstehe …«

Julian unterbrach ihn mit einem Nicken.

»Das ist verständlich«, sagte er. »Die Fremden kommen aus einer Gegend, in der äußerst geringe Werte des Signal-zu-Geräusch-Verhältnisses an der Tagesordnung sind. Sie konnten nicht mit Sicherheit wissen, daß sie außerhalb der Humdinger-Ballung wesentlich andere Verhältnisse vorfinden würden, und sahen sich deshalb vor. Ich wette, mit diesen Geräten kann man geradewegs durch den Kern einer blauweißen Sonne übertragen, ohne daß der Spruch dadurch gestört wird.«

»Ungefähr so sieht es aus, Sir«, antwortete Meech voller Ernst. »Ich glaube, Sie würden Ihre Wette gewinnen.«

»Schön«, lachte Julian. »Weiter!«

»Die dritte Sorte von Gerät, Sir, dient der Erstellung eines übergeordneten Feldes von etwa derselben Struktur wie der des Kalupfeldes, in dem sich ein Raumschiff während des Linearfluges befindet. Das Innere des Feldes stellt einen Mikrokosmos dar, der von seiner Umgebung in gewissem Sinne abgeschnitten ist. Die Feldhülle ist transparent in dem Sinne, daß sie von Materie beliebiger Art durchdrungen werden kann, und zwar in beiden Richtungen. Für einen Beobachter außerhalb des Feldes ändert jedoch ein materielles Objekt, das die Hülle durchdringt, seine Dimensionen. Der Verzerrungsfaktor beträgt rund sechshunderttausend. Die Verzerrung wirkt in beiden Richtungen. Einem Beobachter innerhalb des Feldes erscheint ein Gegenstand außerhalb des Feldes sechshunderttausendmal größer, als wenn er sich ebenfalls im Feldinnern befände. Ein Beobachter außerhalb des Feldes sieht den Gegenstand, sobald er sich im Innern des Feldes befindet, sechshunderttausendmal kleiner.«

Julian schloß die Augen, um sich besser konzentrieren zu können, und machte eine blitzschnelle Kopfrechnung.

»Eine Mikrokugel von dreieinhalb Mikron Durchmesser«, sagte er leise vor sich hin, »wäre in Wirklichkeit also ein wenig mehr als zwei Meter groß, richtig?«

»Vollständig«, versicherte Meech.

Julian verschränkte die Arme auf dem Rücken. Mit gesenktem Kopf ging er ein paar Schritte auf und ab. Sein Verstand arbeitete auf Hochtouren. Das Mikrofeld war also das Geheimnis der Humdinger-Wesen. Um das Sechshunderttausendfache verkleinert, hatten sich Tausende von ihnen nach Filchner eingeschlichen. Wer mochte wissen, wie lange sie diese Welt schon unter Beobachtung hatten!

Mit einem Ruck blieb er stehen und wandte sich an Meech. »Wieviel verstehst du vom Prinzip des Feldgenerators?«

»Alles, Sir«, antwortete Meech mit der Unbescheidenheit des Roboters. »Es unterscheidet sich nur in unwesentlichen Einzelheiten vom Prinzip des Kalupgenerators.«

»Vorzüglich. Ich brauche einen Generator, der ein Kugelfeld von hundert Meter Durchmesser erzeugen kann. Bringt das dieser da fertig?«

Er deutete auf den Kasten, der auf dem Tisch lag.

»Nein, Sir«, antwortete Meech. »Nicht mit der Energieversorgung, die ihm im Augenblick zur Verfügung steht.«

»Der Projektor reicht jedoch aus?«

»Ganz gewiß, Sir. Er kann auf jeden beliebigen Felddurchmesser eingestellt werden.«

Julian schlug sich mit der Faust in die Hand.

»Ganz großartig!« rief er aus. »Das Problem ist so gut wie gelöst!«

Er sah den Robot auffordernd an.

»Sie haben vor«, antwortete Meech, »den Generator in ein Beiboot Ihres Schiffes einzubauen.«

»Ganz richtig«, stimmte Julian zu. »Und was dann?«

Der Robot lächelte ein wenig. Er verstand, daß er auf die Probe gestellt wurde, und sein Programm befahl ihm, die Gesichtsmuskeln zu verziehen – als Zeichen dafür, daß er die Absicht seines Gegenübers durchschaut hatte.

»Die Hauptmacht des Gegners befindet sich noch rund drei Lichtjahre entfernt«, antwortete er. »Um mit Ihren eigenen Worten zu sprechen, Sir: Die Fremden, die sich jetzt schon auf Filchner befinden, müssen schließlich *irgendwoher* gekommen sein.«

Julian zog die Braunen in die Höhe.

»Manchmal«, knurrte er, »bist du mir ein wenig zu schlau.«

Meech nahm den Mikrofeldgenerator an sich. Er lud sich ebenso den Gefangenen auf, um ihn nach draußen zu bringen. Der Anblick des Fremden brachte sogar Darrel Sifter aus seiner beinahe schon sprichwörtlichen Ruhe. Er betrachtete die blauschwarze Gestalt in ihrer schimmernden Uniform mit aller Aufmerksamkeit, kratzte sich am Kopf und stieß schließlich voller Überzeugung hervor:

»Der Teufel soll's holen – aber ich habe schon hübschere gesehen!«

Lorran stand wortlos dabei.

»Sie besitzen Geräte«, fragte ihn Julian, »mit deren Hilfe wir versuchen können, uns mit ihm zu verständigen?«

»Ja, natürlich«, antwortete der Arzt. »Wann wollen Sie damit anfangen?«

»Sofort. Es hängt einiges davon ab, ob wir uns mit dem Mann unterhalten können oder nicht.«

»Mann«, murmelte Lorran mißbilligend und ging ins Haus.

Julian sah sich nach Meech um. Bevor er ihn fand, berührte ihn etwas an der Schulter. Er drehte sich um und sah Doreen.

»Ich möchte hinausgehen und mit Pete sprechen«, sagte sie leise. »So, daß keiner uns hört.«

Julian empfand Mitleid mit ihr. Er sträubte sich dagegen und versuchte sich einzureden, sie sei es nicht wert. Aber der traurige Blick ihrer großen Augen machte ihn weichherzig.

»Haben Sie eine Tablette genommen?« fragte er.

»Nein, noch nicht. Ich wollte warten, ob Sie die Erlaubnis geben.«

Julian dachte einen Augenblick lang nach.

»In Ordnung«, entschied er. »Sie haben eine Stunde lang Zeit. Meech wird für Sie eine Feldbrücke bauen.«

»Danke«, antwortete Doreen einfach. Nichts von der Koketterie, mit der sie sich noch vor einem Tag zu geben pflegte, war mehr übrig.

Julian sah, wie sie die Ampulle aus der Tasche zog, den Verschluß öffnete und eine Pille in die hohle Hand schüttete. Sie schluckte mit deutlich erkennbarem Widerwillen. Er rief nach Meech, und der Robot erschien aus der Dunkelheit hinter dem Haus.

»Was tust du da?« erkundigte Julian sich überrascht.

»Ich stelle Beobachtungen an, Sir«, antwortete der Robot.

»Was für Beobachtungen?«

»Die Mikrokugeln, Sir, müssen einen gewissen Betrag energetischer Streustrahlung von sich geben. Ich versuche, diese Streustrahlung zu orten.«

Julian fand die Initiative des Roboters bewundernswert.

»Erfolg gehabt?« wollte er wissen.

»Negativ, Sir; aber es lassen sich Ansätze erkennen.«

»Gut. Ich möchte, daß du für Doreen eine Brücke erstellst. Bei dieser Gelegenheit werde ich ebenfalls den Schirm verlassen. Danach kannst du dich wieder deinen Experimenten widmen. Klar?«

»Klar, Sir.«

Julian nahm eine der Tabletten. Er glaubte zu spüren, wie sie sich im Magen auflöste und wohlige, anheimelnde Wärme verbreitete. Er merkte, daß er plötzlich nicht mehr so klar denken konnte wie zuvor. Die Gedanken gerieten durcheinander, wenn er sich nicht mit aller Aufmerksamkeit auf sie konzentrierte. Er ging zwei Schritte und hatte Schwierigkeiten, die Bewegungen der Beine zu koordinieren. Dabei empfand er ein Gefühl der Leichtigkeit und Unbeschwertheit, als hätte er drei Gläser Sekt zu rasch hintereinander getrunken.

»Okay, Blechmensch«, rief er Meech zu und wunderte sich selbst über seine Ausdrucksweise, »ich bin soweit!«

Einer der komplizierten Mechanismen im Inneren des Robots begann zu arbeiten und erzeugte ein Feld, das sich wie eine Art Schleuse vor die schützende Hülle des Feldschirms setzte. Einmal im Innern des Zusatzfeldes, stand der Weg nach draußen offen, ohne daß in der Feldschirmglocke auch nur die geringste Lücke entstanden wäre.

Als er den Schirm hinter sich gelassen hatte, blieb Julian stehen. Der Gedanke, daß in einem der nächsten Augenblicke ein mikroskopischer Fremdkörper, der in Wirklichkeit ein intelligentes Wesen war, in sein Gehirn eindringen würde, erfüllte ihn mit Furcht. Er wollte aber den Augenblick nicht verpassen. Er wollte genau spüren, wie es vor sich ging.

Doreen hatte keinerlei solche Bedenken. Sie wandte sich nach links und ging auf Pete zu. Pete kam ihr ein Stück entgegen. Er breitete die Arme aus und zog Doreen an sich.

Im selben Augenblick spürte Julian, wie sich etwas in seinem Gehirn zu schaffen machte. Er empfand einen zuckenden, stechenden Schmerz und im gleichen Augenblick maßlose Verwunderung. Er wandte sich zur Seite und sah Joe Kalep und Darrel Sifter in der Nähe der Haustür stehen. Sie starrten ihn an, und er wunderte sich, warum er so weit von ihnen entfernt war. Er mußte den Schutzschirm verlassen haben …

Der Gedanke verwirrte sich. Was war ein Schutzschirm? Wo befand er sich? Was tue ich hier? Und schließlich: Wer bin ich?

So rasch, wie er gekommen war, wich der Druck von ihm. Er erinnerte sich plötzlich wieder, warum er das Schirmfeld verlassen hatte. Er wußte, wohin er unterwegs war und welchen Plan er verfolgte. Sein Verstand funktionierte wieder einwandfrei.

Verblüfft sah er sich um, als könnte er noch einen Blick von dem winzigen kleinen Gebilde erhaschen, das sich rasch von ihm entfernte, nachdem es sein Gehirn für unbewohnbar befunden hatte. Dann winkte er Sifter und Kalep freundlich zu und machte sich auf den Weg.

Die Mikrokugeln ließen ihn in Ruhe, wie er erwartet hatte. Unangefochten erreichte er das Observatorium und fand das Teleskop immer noch eingeschaltet. Er betrat den kleinen Seitenraum, in dem das Teleskopbild auf eine Bildfläche projiziert wurde. Eine Minute lang suchte er das Bild ab, Zentimeter für Zentimeter. Dann wußte er, daß seine Ahnung ihn nicht getrogen hatte.

Der Nebel war nicht mehr zu sehen. Meech hatte in der vorvergangenen Nacht das Teleskop so eingerichtet, daß es dem Nebel automatisch folgte. Dabei war er von den Geschwindigkeitswerten ausgegangen, die Pete Baerman kurz zuvor errechnet hatte. Daß der Nebel jetzt nicht mehr zu sehen war, konnte nur daran liegen, daß er entweder seine Richtung oder seine Geschwindigkeit – oder beides – geändert hatte.

Julian eilte zum Teleskop zurück. Hastig begann er an den Kontrollen zu hantieren. Der gewaltige Tubus schwenkte zur Seite, entlang der Linie, auf der der Nebel sich bewegen mußte, wenn er seine ursprüngliche Richtung beibehalten hatte. Knapp vier Minuten vergingen, dann hatte Julian gefunden, was er suchte. Der Nebel hatte seinen Kurs nicht geändert, nur seine Geschwindigkeit. Er war schneller geworden.

In aller Eile nahm Julian die nötigen Messungen vor. Das Ergebnis war beeindruckend. Der Nebel hatte seine Geschwindigkeit nahezu verdoppelt. Zu diesem Zeitpunkt hätte er von Filchner noch acht Tage weit entfernt sein sollen. Statt dessen befand er sich in einer Position, von der aus er den Siedlerplaneten in weniger als fünf Tagen erreichen konnte, gleichbleibende Geschwindigkeit vorausgesetzt.

Julian verließ das Observatorium. Er hatte mit einer ähnlichen Entwicklung gerechnet, die Energiereserven des Gegners jedoch weit unterschätzt. Fünf Filchner-Tage waren eine gefährliche kurze Zeitspanne. Seitdem er den ersten Blick auf den blauschwarzen Fremden geworfen hatte, verfolgte er einen ganz bestimmten Plan. Er war davon ausgegangen, daß er zu dessen Durchführung wenigstens noch sechs oder sieben Tage Zeit hatte. Die Frist hatte sich verkürzt. Es blieb ihm keine Zeit mehr, umfangreiche Vorbereitungen zu treffen. Er mußte handeln.

Auf dem kürzesten Weg begab er sich zum Sendegebäude. Unterwegs fand er die reglosen Gestalten zweier Arek-Krieger. Sie hatten häßliche Brandwunden am Körper. Pete Baerman hatte sie erschossen.

Aus dem Kraftwerk drang das dumpfe Grollen der schweren Fusionsgeneratoren, als Julian die Energiezufuhr zum Sender einschaltete. Es war merkwürdig, daß der Gegner bislang noch keinen Versuch unternommen hatte, die Generatoren zu vernichten und die Energieversorgung der Siedlung auszuschalten. Es war merkwürdig, solange man bereit war zu glauben, daß die Technologie des Feindes auf etwa der gleichen Grundlage aufbaute wie die terranische. Das war nicht der Fall, dessen war Julian völlig sicher, und auf dieser Erkenntnis basierte ein Teil seines Plans. Die Fremden hatten die Generatoren ungeschoren gelassen, weil sie nicht wußten, was sie waren. Sie wollten alles, was es auf Filchner gab, unbeschädigt in ihren Besitz bringen. Nur aus diesem einen Grund schwirrten noch immer Tausende von Mikrokugeln unsichtbar in der Luft herum, anstatt daß ihre Insassen die Mikrofelder abgeschaltet und sich mit ihrer erdrückenden Übermacht auf die Handvoll Siedler geworfen hätten. Für die Humdinger-Wesen war das Unternehmen nur dann ein Erfolg, wenn sie Filchner unversehrt eroberten.

Darauf beruhte Julians Plan. Dem Gegner mußte klargemacht werden, daß er den Planeten nicht widerstandslos besetzen konnte. Die Überlegenheit der terranischen Technologie mußte ihm klar vor Augen gestellt werden.

Julian schaltete den Sender ein. Er regulierte die Fokussierung des Richtstrahls und wählte eine Frequenz. Der große Bildschirm über dem Schaltpult leuchtete auf. Ein Mann in der Uniform eines Captains erkannte seinen Gesprächspartner und salutierte ehrerbietig.

»Relais Nummer eins-acht-vierundsiebzig, Sir. Captain Hammond am Empfang.«

Julian nickte. Die Wirkung der Droge hinderte ihn daran, die Situation so ernst zu nehmen, wie sie es verdiente. Er grinste.

»Kode Null-A«, antwortete er leichthin. »Verbinden Sie mich mit dem Großadministrator.«

10.

Als er zurückkehrte, standen nur Sifter und Kalep am inneren Rand des Schirmfelds. Lorran und Meech waren im Haus. Von Pete und Doreen hatte während der vergangenen halben Stunde keiner eine Spur gesehen. Julian rief den Robot mit Hilfe eines Suchimpulses. Meech erschien wenige Sekunden später und errichtete das Brückenfeld, das Julian den Durchtritt durch die Feldschirmhülle ermöglichte.

Er begab sich auf dem kürzesten Weg zu Lorran. Der Arzt befand sich in der Ordination. Der Gefangene lag auf dem Untersuchungstisch, Beine und alle vier Arme sorgfältig festgeschnallt. In der Nähe des Tisches stand ein kastenförmiges Gerät, das sich auf Rollen bewegte. Lorran hielt dem Blauschwarzen ein Mikrophon vor den Mund, das durch ein Kabel mit dem Kasten verbunden war. Als Julian den Raum betrat, hörte er den Gefangenen ein paar krächzende, zischende Laute ausstoßen. Sekunden später drang aus dem Kasten eine blecherne Stimme und sagte in Interkosmo: »Ich verstehe ...!«

Lorran richtete sich auf. Das Mikrophon glitt in seine Halterung zurück. Der Arzt wischte sich den Schweiß von der Stirn. Zum erstenmal seit langer Zeit machte er einen heiteren Eindruck.

»Geschafft«, stöhnte er in gespielter Verzweiflung. »Puh – ich habe noch nie in meinem Leben so geschwitzt.«

»Der Translator hat die Sprache aufgezeichnet?« erkundigte sich Julian.

»Wenigstens die Grundbegriffe. Solange wir und der Kerl dort keine allzu komplizierten Sätze bilden, können wir einander verstehen.«

»Sehr gut.« Julian sah sich um. »Wo steckt Meech?«

»Fragen Sie mich? Er hat Sie doch gerade 'reingelassen.«

Als hätte er sein Stichwort gehört, erschien der Robot unter der Tür.

»Die Versuchsserie ist abgeschlossen, Sir«, erklärte er würdevoll. »Das Streufeld der Mikokugeln kann geortet werden.«

Julian fühlte unsägliche Erleichterung. Hatte sich das Blatt endlich gewendet? Befanden sie sich nach Tagen der Ungewißheit und des ständigen Rückzugs wieder auf dem Vormarsch?

»Es dreht sich mir nicht so sehr um die Mikrokugeln, Meech ...«, begann er, aber der Robot unterbrach ihn.

»Bitte um Verzeihung, Sir, aber *das* ist auch schon geortet. Die Streustrahlung ist unverkennbar, trotz der scheinbaren Kleinheit des Objekts.«

Julian trat auf ihn zu und schlug ihm auf die Schulter.

»Das verstehst du zwar nicht«, sagte er leutselig, »aber ich fühle mich danach. Du hast erstklassige Arbeit geleistet, Meech.«

»Danke, Sir«, antwortete der Robot ungerührt.

Er wandte sich an Lorran. Der Arzt stand wie vom Donner gerührt und hatte von der ganzen Unterhaltung offenbar kein Wort verstanden.

»Ich brauche Ihre Hilfe, Lorran«, erklärte ihm Julian. »Sie kommen mit uns.«

»Mit uns – wohin?« stieß Lorran hervor. »Was heißt das alles? Ich begreife kein Wort.«

Meech war inzwischen hinausgegangen. Julian wußte, was er vorhatte, und ließ ihn gewähren. Er wies auf den Gefangenen.

»Sehen Sie sich ihn an!« forderte er Lorran auf. »Trägt er irgendwelche Schutzkleidung?«

Lorran schüttelte den Kopf.

»Nein, er ist ein vollblütiger Sauerstoffatmer und braucht keine.«

»Gut. Wieviel von diesen Wesen, glauben Sie, sind heute nachmittag nach Rivertown eingedrungen?«

Lorran dachte nach.

»Ebenso viele, wie wir Areks sahen, denke ich. Also rund dreitausend.«

»Und weitere zehntausend befanden sich auf dem Weg, wie Sifter berichtete. Also haben wir es mit insgesamt dreizehntausend Fremden zu tun, die sich in Form von Mikrokugeln auf Filchner befinden. Sie tragen keinerlei Schutzkleidung. Das Mikrofeld kann nicht als Schutz betrachtet werden, denn es ist materiedurchlässig. Ich frage Sie: Wie sind die Fremden nach Filchner gekommen?«

Lorran setzte zu einer hastigen Antwort an. Bevor er das erste Wort jedoch aussprechen konnte, schien ihm ein Gedanke zu kommen. Er hielt die Luft an und ließ sie dann zischend zwischen den Zähnen hindurch entweichen.

»Also *so* ist das!« brummte er.

»Ganz richtig«, stimmte Julian zu. »Irgendwo auf Filchner, hinter einem Mikrofeld versteckt, liegt ein riesiges Humdinger-Raumschiff, das vor geraumer Zeit dreizehntausend Humdinger-Wesen oder mehr auf dieser Welt abgesetzt hat.«

Das Gelände unter ihnen war hügelig und mit dichtem, hohem Gras bestanden. Einzelne Busch- und Baumgruppen hoben sich deutlich ab. Sie flogen in fünfhundert Metern Höhe und mit mäßiger Geschwindigkeit. Rivertown lag mehr als siebenhundert Kilometer weit hinter ihnen.

Die Sonne war vor kurzem aufgegangen. Hinter den drei Mann an Bord des kleinen Raumfahrzeugs lag eine lange Nacht voll hektischer Tätigkeit. Julian Tifflor saß am Steuer. Joe Kalep hatte sich in einem der in den Boden eingelassenen Sessel lang ausgestreckt und versuchte, ein Auge voll Schlaf zu bekommen. An der Rückwand des halbkreisförmigen Raums stand Meech Hannigan, den Blick in die Ferne gerichtet, als könnte er durch die metallene Wandung schauen. Vor ihm, an einen Sessel festgebunden, saß der Gefangene.

Sein Name war Kauuch – oder so ähnlich. Zehn Stunden lang hatte er Fragen und Antworten ohne Zahl über sich ergehen lassen müssen. Zunächst war er störrisch gewesen. Aber Julians Verhörmethode basierte auf der Erkenntnis, daß keine Zeit verloren werden durfte. Er war mit dem Gefangenen nicht sehr sanft umgesprungen.

Und schließlich hatte er die ersten Antworten erhalten. Was die Pläne des Gegners waren, wie er sie verwirklichen wollte, welches die Motive waren und wie der feindliche Generalstab die Erfolgschancen sah.

Nachdem Kauuch alles Wissenswerte preisgegeben hatte, begann Julian von sich aus zu reden. Er machte Kauuch klar, wie falsch die Vorstellungen des Generalstabs waren. Er zeigte ihm ein paar von den Dingen, die die terranische Technologie erzeugt hatte. Er schleppte ihn zum Sendegebäude hinüber und verbrachte eine Stunde damit, Kauuch auf den Bildschirm starren und den Flottenverband sehen zu lassen, der sich infolge Julians letztem Bericht im Anflug auf Filchner befand. Der Kommandeur des Verbands begriff die Wichtigkeit der Demonstration und setzte Sonden ein, die den gesamten Verband, einzelne Teile davon oder gar einzelne Schiffe aus dem eindrucksvollsten Blickwinkel zeigten.

Darauf folgten zwei Stunden angeregter Unterhaltung – und schließlich war Kauuch überzeugt, daß seine Leute den Krieg um Filchner nicht gewinnen konnten. Er erklärte sich mit Julians Plänen einverstanden.

Inzwischen hatte Meech Hannigan das Raumfahrzeug, mit dem er und Julian zwei Tage zuvor auf Filchner gelandet waren, durch ein Codesignal, das den Autopiloten aktivierte, nach Rivertown gebracht. Ebenfalls in der Zwischenzeit hatte Doc Lorran bemerkt, daß Pete und Doreen Baerman sich im Laufe der vergangenen acht Stunden nirgendwo mehr hatten sehen lassen. Er war darüber nicht allzu besorgt, denn Pete trug einen handlichen Vorrat an Morphiat-Tabletten bei sich und konnte Doreen damit versorgen. Aber es erschien merkwürdig, daß sie sich so lange draußen in der Dunkelheit herumtreiben sollten.

Meech hatte den Mikrofeldgenerator des Gefangenen an Bord des Raumfahrzeugs, einer besonders für Julian Tifflors Gebrauch hergerichteten Gazelle, installiert und mit dem Fusionskraftwerk des Kleinraumschiffs verbunden. Er hatte außerdem mehrere an Bord befindliche Raumschutzanzüge in Doc Lorrans Haus gebracht. Im Innern eines Raumanzugs konnte jeder den Feldschirm ungefährdet verlassen, ohne daß er Morphiat-Tabletten einnehmen mußte.

Julians Plan bestand darin, das auf Filchner gelandete feindschaftliche Raumschiff in seine Hand zu bringen, den Mikrofeldgenerator außer Betrieb zu setzen und die auf Filchner befindliche gegnerische Truppe davon zu überzeugen, daß ihr Vorstoß gescheitert war. Er hatte zunächst versucht, Kauuch dazu zu bewegen, daß er mit Hilfe seines eigenen Sendegeräts seinen Rassegenossen, die in der Form von Mikrokugeln überall in Rivertown umherschwirrten, von seinen Erfahrungen berichtete und sie auf diese Weise davon überzeugte, daß jede weitere Verfolgung ihrer Absichten unnütz sei. Kauuch hatte sich jedoch nicht überreden lassen. Die Stimme eines einzelnen, behauptete er, zählte wenig. Ihm allein würde niemand glauben. Es bedurfte einer Demonstration der terranischen Macht, um den dreizehntausend Eindringlingen klarzumachen, daß sie für eine verlorene Sache kämpften. Außerdem befand sich an Bord des gelandeten Raumschiffs der Kommandant des Stoßtruppunternehmens. Wenn er dazu gezwungen werden konnte, seinen Untergebenen den Befehl zum Rückzug zu geben, dann, glaubte Kauuch, würden die Dreizehntausend Rivertown unverzüglich verlassen.

Joe Kalep hatte es sich nicht ausreden lassen, daß er bei dem bevorstehenden Unternehmen von Nutzen sein könne. Julian hatte ihn schließlich mitgenommen. Doc Lorran und Darrel Sifter waren in Rivertown zurückgeblieben. Als die Gazelle startete, hatten Pete und Doreen sich immer noch nicht blicken lassen.

Das Fahrzeug befand sich jetzt, anderthalb Stunden nach dem Start, etwa einhundert Kilometer von der Stelle entfernt, an der Meech die energetische Streustrahlung des gegnerischen Schiffs geortet hatte. Kauuch bestätigte Meechs Ortung. Das Schiff lag im Hügelland nahe der südlichen Küste des Kontinents. Es war kein Rätsel mehr, warum die meisten der besessenen Areks aus dem tiefen Süden gekommen waren. Kauuch und seine Genossen hatten sich bemüht, so rasch wie möglich in einem intelligenten Gehirn Fuß zu fassen. Sie wußten, daß ihre wahren Opfer noch weit entfernt waren. Aber die Areks, deren Verstand sie beherrschten, boten ihnen eine sichere, wenn auch langsame Transportmöglichkeit.

Obwohl Julian Kauuch vertraute und die Aufrichtigkeit seines Verhaltens kaum bezweifelte, hatte er den Gefangenen fesseln lassen. Kauuch war Angehöriger eines absolut fremden Volkes. Niemand wußte genau zu sagen, was wirklich in seinem Verstand vor sich ging. Seine bereitwillige Mitarbeit mochte Taktik sein, und Julian war nicht gewillt, in diesen Stunden der Entscheidung auch nur das geringste Risiko einzugehen. Kauuch hatte das verstanden. Seine Denkweise schien sich von der der Terraner kaum zu unterscheiden.

Julian starrte auf den Bildschirm. Ein merkwürdiges Gefühl überkam ihn bei der Vorstellung, daß dort unten irgendwo, von Grashalmen verborgen, ein riesiges Raumschiff lag. Kauuchs Beschreibung des Schiffs war spärlich gewesen. Noch hatte der Translator nicht den gesamten Wortschatz der fremden Sprache erfaßt, und besonders, wenn es um weniger handgreifliche Dinge ging, war die Übersetzung nicht einwandfrei. Julian wußte nur, daß das fremde Schiff walzenförmig war und etwa einen Kilometer in der Länge und zweihundert Meter im Durchmesser maß. Das schien ihm überraschend klein für ein Fahrzeug, das mehr als dreizehntausend Mann transportiert hatte. Unter diesen Aspekten wurde plausibel, was Kauuch gesagt hatte. Nämlich, daß er noch nie eine so unbequeme Reise gemacht hätte wie die von seiner Heimatwelt nach Filchner. Wenn seine Beschreibung richtig war, dann waren er und seine Begleiter an Bord des Schiffs wie Sardinen in einer Dose zusammengepfercht gewesen.

Meech Hannigans unbeteiligte Stimme schreckte ihn aus dem Nachdenken. »Etwa zweihundert Meter voraus, Sir. Wir fliegen direkt darüber hinweg.«

Julian drosselte die Geschwindigkeit. Von einem Augenblick zum andern schob er jeden unnützen Gedanken beiseite und konzentrierte sich allein auf die Aufgabe, die vor ihm lag. Dies waren die kritischen Minuten. Die Restbesatzung an Bord des feindlichen Schiffs mußte die Gazelle längst ausgemacht haben. Betrachteten sie das Erscheinen des terranischen Fahrzeugs als Gefahr – oder nahmen sie an, daß es sich um einen Routineflug handelte, der nur zufällig über ihren Landeplatz hinwegführte?

Julian wartete, bis das fremde Schiff etwa zehn Kilometer hinter ihm lag. Dann drückte er die Gazelle nach unten. In einer Furche zwischen zwei Hügelketten zog er eine enge Schleife und nahm wieder Kurs auf den Gegner. Er warf Meech einen fragenden Blick zu, und der Robot antwortete:

»Genau ausgemacht, Sir. Wir können nicht fehlgehen.«

Julian spannte die Hand um den Fahrthebel, bis die Knöchel weiß hervortraten.

»Gut«, knurrte er. »Dann geht's los.«

Er hatte lauter gesprochen, als er wollte. Joe Kalep fuhr in die Höhe.

»Wo – was geht los?« stieß er hervor.

»Wir sind da!« rief Julian ihm zu. »Noch ein paar Augenblicke, dann …«

Er sprach den Satz nicht zu Ende. Er wußte selbst nicht, was ›dann‹ sein würde. Er hatte versucht, es sich vorzustellen; aber es ging über die Grenzen des menschlichen Verstands, sich eine Situation wie die, die ihnen kurz bevorstand, im vorhinein auszumalen.

Die Gazelle glitt mit mäßiger Geschwindigkeit das flache Tal entlang. Kilometer um Kilometer blieb hinter ihr zurück. Das feindliche Schiff lag jenseits der linken Hügelkette, im nächsten Tal nach Westen. Im Augenblick war die Gazelle von den gegnerischen Ortungsgeräten nicht auszumachen.

»Einen Kilometer, Sir«, sagte Meech.

Julian setzte die Geschwindigkeit herab. Seine Hand zitterte, als er nach dem Hebel griff, der die Energiezufuhr zum Mikrofeldgenerator einschaltete.

»Noch fünfhundert Meter, Sir«, meldete der Robot, »und genau Nordwest!«

Der Hebel bewegte sich. Zögernd glitt er aus der Raste. Eine endlose, verzweifelte Sekunde lang wünschte sich Julian, er hätte nie von Filchner gehört. Die Angst vor dem Unbekannten packte ihn.

Schweiß trat ihm auf die Stirn.

»Jetzt! schrie er, und die ganze ungeheure Spannung, die ihn erfüllte, lag in dem einen Wort, das wie ein wütender Aufschrei durch die kleine Kabine gellte.

Klickend schnappte der Hebel nach unten.

Geräuschlos, ohne jeden Übergang, verwandelte sich das sonnenbeschienene Tal in einen höllischen, alptraumhaften Abgrund.

Das Fahrzeug kam zum Stillstand. Fassungslos starrte Julian auf den Bildschirm. Vor ihm, endlos weit entfernt, erhob sich eine kompakte Masse von Grau, Braun und Grün so unendlich hoch, daß er das obere Ende nicht mehr sehen konnte.

Die Hügelreihe im Westen.

Unter ihm, Tausende von Kilometern weit, erstreckte sich zerrissenes, zerklüftete Gelände, das aus unregelmäßigen, bunten Flecken zusammengesetzt war, jeder einzelne Fleck so groß wie eine riesige Stadt.

Das Gras auf dem Boden des Tals.

Ungeheuere, schwarze Schatten glitten mit atemberaubender Geschwindigkeit durch die Luft, manchmal gefährlich nahe an dem wartenden Fahrzeug vorbei, so daß Julian in Erwartung des Aufpralls die Muskeln verkrampfte.

Insekten, die sich in der Luft über dem Gras herumtrieben.

Joe Kalep stöhnte auf. Der unwirkliche, angsterfüllte Laut schreckte Julian aus seiner Benommenheit. Er setzte das Fahrzeug wieder in Bewegung. Mit Höchstgeschwindigkeit glitt es auf die zyklopische Wand der westlichen Hügel zu.

Meech nahm seine Arbeit wieder auf und gab in regelmäßigen Abständen Entfernung und Richtung des feindlichen Schiffs an. Julian arbeitete wie eine Maschine. Die Gedanken hatte er abgeschaltet. Sie konnten ohnehin nicht verarbeiten, was er sah.

Über der Kuppe des Hügels begann er die Flughöhe zu verringern. Irgendwo im Gras des nächsten Tals versteckt lag das feindliche Raumschiff. Wenn er offen anflog, bot er dem gegnerischen Abwehrfeuer ein lächerlich leichtes Ziel. Nur das Gras bot Schutz.

In halsbrecherischem Steilflug raste er auf die Landschaft der gigantischen, bunten Flecken zu. Das Bild wurde deutlicher. Die Oberfläche, die zunächst wie eine riesige Ebene gewirkt hatte, löste sich in Einzelheiten auf und ließ ihre Gliederung erkennen. Türme aller Arten, schief und gerade, rund, kantig, glatt oder von ungeheuren Längsfurchen durchzogen, ragten in die Höhe. Ihr Durchmesser verringerte sich, je höher sie wuchsen. Aus ihren Seiten ragten andere Türme, schwangen sich zur Seite und beugten sich unter dem Gewicht riesiger, faseriger Gebilde, die an ihren Enden hingen.

Und das Ganze befand sich in atemberaubender, wiegender Bewegung. Welch eine grandiose Architektur, die Türme von solch gewaltiger Größe schaffen konnte, so elastisch, daß sie sich nach jeder Schwankung wieder aufrichteten, und so stabil, daß sie Tausende von Kilometern in die Höhe ragten, schief und mit horizontalen Auswüchsen, ohne unter ihrem eigenen Gewicht zusammenzubrechen.

Grashalme, vom Wind bewegt. Julian versuchte, sich einzureden, daß es nichts weiter war – Halme und Rispen von einfachem Gras, durch die Wirkung des Mikrofelds um ein Sechshunderttausendfaches vergrößert. Aber das Bild war wirksamer. Würgende Furcht verscheuchte den beruhigenden Gedanken. Julian tauchte weiter nach unten, und als er schließlich zwischen das Gewirr der Halme eingetaucht war, verlor die Umgebung ihren alptraumhaften, angsteinflößenden Charakter, weil die Vernunft sie einfach nicht mehr zu begreifen vermochte.

Halbdunkel herrschte hier unten. Ein ununterbrochenes Gewirr von dunkelgrünen Wänden hemmte die Bewegungen der Gazelle – Wände von Türmen, die so riesig waren, daß sie als Ganzes nicht gesehen werden konnten, Wände von Grashalmen, jeder einzelne tausend Kilometer dick.

Es dauerte Minuten, bis Julian sich zurechtfand. Die Zwischenräume zwischen zwei Turmwänden waren meistens größer als die Wände selbst. Er konnte zwar keinen geraden Kurs halten, aber er fand überall Lücken, durch die er weiter vordringen konnte.

Tief unter sich sah er gigantische Kreaturen sich bewegen, Käfer, die fast so schnell vorwärtskamen wie die Gazelle selbst und manchmal die Turmwände in bedrohliche Schwankung versetzten.

Meech Hannigan und seine kühle, ruhige Stimme waren der ruhende Pol in diesem Hexenkessel aus grotesken, unbegreiflichen Bildern und dumpfer, lähmender Angst.

»Noch einhunderttausend Kilometer, Sir«, meldete er. »Kurs zwo-einundachtzig.«

Die Entfernungen waren im selben Maß gewachsen wie die Dimensionen der Landschaft. In ihrer kugelförmigen Mikrowelt bewegte sich die Gazelle mit einer Geschwindigkeit von Mach 31 – der höchsten Geschwindigkeit, die Julian noch ein gezieltes Manövrieren zwischen den grünen Wänden der Grastürme erlaubte. Es würde zweieinhalb Stunden dauern, bis sie das feindliche Schiff zu Gesicht bekamen.

Julian hatte sich an die neue Umgebung gewöhnt. Sie flößte ihm keine Angst mehr ein. Zielsicher handhabte er die Steuerung. Die Gazelle zog einen glühenden Strom ionisierter Luftpartikel hinter sich her – zu dünn, als daß ihn selbst die Augen der Käfer hätten bemerken können, obwohl es vom Pilotenstand her aussah, als müsse er die ganze Welt mit Feuer erfüllen.

Die Stunden verstrichen. Unbehelligt zog das winzige Fahrzeug seinen Weg durch die Schluchten der Graswelt. Meech nannte eine Distanz von neunhundert Kilometern. In jeder Sekunde verringerte sich der Abstand um zehneinhalb Kilometer. Da zuckte ein greller Blitz durch das grüne Dämmerlicht. Er fuhr seitwärts vorbei und schnitt eine glühende Furche durch eine der Turmwände. Der Turm begann sich zu neigen. Mit beängstigender Geschwindigkeit näherte sich die stürzende Wand dem kleinen Fahrzeug. Der Gegner hatte das Feuer eröffnet.

Julian flog ein gewagtes Abwehrmanöver. So steil er konnte, tauchte er nach unten, dem finsteren Boden des Abgrunds entgegen. Ein zweiter Blitz zuckte auf und verfehlte ihn um Hunderte von Kilometern.

Dann sah er das feindliche Schiff. Es lag unten, auf dem Boden, zwischen zwei riesigen Grastürmen, kaum erkennbar in der Finsternis. Es sah so aus, wie Kauuch es beschrieben hatte – walzenförmig und nicht besonders groß, ein winziger Strich in dieser Welt zyklopischer Formen.

Julian stieß darauf zu. Der Gegner löste eine dritte Salve aus, aber die Wendigkeit der Gazelle setzte seine Zielmechanismen schachmatt. Zehn Sekunden später war Julian schon so dicht am Ziel, daß den feindlichen Geschützen kein Schußfeld mehr blieb.

Die Gazelle glitt an der mattschimmernden Wandung des Schiffs entlang. Julian hatte die Geschwindigkeit drastisch gedrosselt, seitdem ihm von den Geschützen keine Gefahr mehr drohte. Er konnte jede Einzelheit der sanft gerundeten Wand erkennen, als er dicht neben ihr entlangstrich.

Die Fugen einer großen Schleuse tauchten auf. Die Schotten waren geschlossen. Julian drosselte das Triebwerk und brachte sein Fahrzeug zum Stillstand. Eine einzige Salve des Thermogeschützes verwandelte die Schleusenöffnung in ein Inferno von Glut und Qualm. Die Gazelle schoß durch das gezackte Loch hindurch und glitt in einen Schleusenraum von beachtlicher Größe. Der Raum war leer. Julian atmete auf. Der erste Teil seines Plans war geglückt.

Meech nahm den Gefangenen auf. In aller Hast verließen sie das Fahrzeug, nachdem Julian den Mikrofeldgenerator ausgeschaltet hatte. Sie brauchten ihn nicht mehr. Sie befanden sich jetzt im Innern des feindlichen Mikrofelds.

Unter Meechs Führung durchquerten sie den großen Schleusenraum und drangen durch ein Luk in das eigentliche Innere des Schiffes ein. Sie kamen auf einen langen, breiten Gang, der sich vom Luk fort nach beiden Seiten erstreckte. Er war ebenfalls leer. Der blitzschnelle Vorstoß der Gazelle mußte die zwanzig Gegner, die sich nach Kauuchs Aussage an Bord des Schiffes befanden, völlig verstört haben.

Der Robot fand ein Schott in der jenseitigen Gangwand und öffnete es. Sein Orientierungssinn war untrüglich. Er bewegte sich mit einer Geschwindigkeit, der Julian und Kalep kaum zu folgen vermochten, obwohl er den gefesselten Gefangenen auf der Schulter trug.

Sie kamen durch eine rechteckige Halle, etwa zweihundert mal achtzig Meter groß. Spärlich verteilte Lampen an der niedrigen Decke beleuchteten endlose Reihen von Liegegestellen. Dies war einer der Unterkunftsräume, in der die dreizehntausend Mann des Stoßtrupps die Reise von der Humdinger-Ballung nach Filchner überstanden hatten.

Meech schritt zwischen zwei Reihen von Gestellen auf die Rückwand zu. Ohne das Tempo zu verringern, rief er:

»Der Generator ist nicht mehr als einhundert Meter entfernt, Sir!«

Die Wand schälte sich aus dem Dämmerlicht. Die dunklen Umrisse eines Schotts wurden sichtbar. Meech hielt darauf zu. Er war noch zwanzig Meter entfernt, als das Schott sich öffnete. Grelles Licht brach daraus hervor. Unter der hellerleuchteten Öffnung erschienen die Umrisse von vierarmigen Gestalten, rohrähnliche Waffen schwingend.

Der Feind hatte sich vom Schock erholt.

Julian ließ sich flach zu Boden fallen. Ein röhrendes, orgelndes Geräusch klang auf, und eine fahle, fächerförmige Lichtbahn schoß quer durch die Halle. Ein paar Liegegestelle verschwanden in Flammen und Rauch. Julian hob vorsichtig den Kopf.

Meech hatte Kauuch blitzschnell zu Boden gleiten lassen. Mit der unübertrefflichen Reaktionsgeschwindigkeit des Roboters hatte er seine Position gewechselt und nahm das Schott unter Feuer. Der Gegner kam nicht dazu, mehr als einen Schuß abzufeuern. Meechs Strahlersalve zog eine glühende Furche quer über die Wand in der Nähe des Schotts. Die drei fremden Gestalten verschwanden in einer Glutwolke. Als der aufsteigende Qualm sich verzog, hatte sich die Schottöffnung um das Doppelte erweitert, und ihre Ränder glühten dunkelrot.

Mit einer Bewegung, der das Auge kaum folgen konnte, nahm Meech Kauuch wieder auf und stürmte auf das Schott zu. Julian und Kalep waren zehn Meter hinter ihm, als er es erreichte. Unter der Öffnung, von der die erhitzte Luft wabernd in die Höhe stieg, hielt er an. Einen Augenblick später wandte er sich um und rief Julian zu:

»Wir sind am Ziel, Sir!«

Julian schloß auf. Die Hitze, die von dem glühenden Metall ausging, nahm ihm fast den Atem. Die Haut brannte unerträglich. Die Augen füllten sich mit Tränen, aber trotzdem erkannte er die Umrisse des riesigen Generators in dem Raum hinter dem Schott.

Hier wurde das Mikrofeld erzeugt, das das große Raumschiff umgab. Im Schutz dieses Mikrofeldes war es vor Wochen auf Filchner gelandet. Von diesem Generator aus wurde die einzigartige Waffe des Gegners mit Energie versorgt.

Meech ließ Kauuch ein zweites Mal zu Boden gleiten. Ohne Julians Befehl abzuwarten, schritt er auf den Generator zu, der in Gestalt eines stufenförmigen Turms vor ihm in die Höhe ragte. Er hielt geradewegs auf eine große Schalttafel zu, von der bunte Kontrollampen blinkten. *Noch ein paar Sekunden*, dachte Julian, *und das Mikrofeld existiert nicht mehr.*

Da packte Kalep ihn am Arm.

»Dort drüben«, zischte er. »Links am Generator vorbei!«

Julian wandte sich zur Seite. In der rückwärtigen Hälfte des Raums, jenseits des Generators und von Meechs Standort aus unsichtbar, bewegten sich eine Handvoll schattenhafter Gestalten. Die grelle Beleuchtung erfüllte nur den Vordergrund mit Helligkeit. Alles, was hinter dem Generator lag, befand sich in grauem Dämmerlicht. Julian verkrampfte sich der Magen, als ihm klarwurde, daß Kalep und er unter dem starken Licht sich dem Gegner wie Zielscheiben darboten.

»Meech, aufpassen!« schrie er aus voller Lunge, dann packte er Kalep an der Schulter und riß ihn mit sich.

Der Generator war ihre einzige Deckung. Sie mußten ihn zwischen sich und die Vierarmigen bringen, wenn sie am Leben bleiben wollten. Der Gegner erkannte ihre Absicht. Röhrend und orgelnd entluden sich die feindlichen Waffen. Ein schwach leuchtender Lichtstrahl fuhr dicht an Julian vorbei und versengte ihm die Schulter. Er stürzte, raffte sich wieder auf und rannte weiter.

Inzwischen hatte Meech die Schalttafel erreicht. Zwei der Vierarmigen hatten mittlerweile begriffen, was er vorhatte, und kamen um die Ecke des Generatorsockels auf ihn zu. Meech sah sie und setzte sie außer Gefecht, noch bevor sie ihre langrohrigen Waffen heben konnten.

Dann griff er nach dem Haupthebel und riß ihn mit einer kräftigen Bewegung herunter.

Eine Sekunde lang geschah nichts. Dann erklang rollender Donner, dessen Intensität ständig zunahm, bis er mit elementarer Gewalt jeden Kubikzentimeter des Schiffsinnern zu erfüllen schien und die dicken Metallböden zum Vibrieren brachte.

Die Vierarmigen wichen angsterfüllt zurück. Meech erwischte noch zwei von ihnen, bevor sie in der Dunkelheit des Hintergrunds verschwanden. Julian stand still und hielt sich die Hände gegen die Ohren gepreßt.

Langsam ebbte der Donner ab. Der Boden hörte auf zu zittern. Julian nahm die Hände von den Ohren und sah sich benommen um. Neben ihm stand Joe Kalep, ein verlegenes und zugleich erleichtertes Lächeln auf dem Gesicht.

Die Kontrollampen des Generators waren dunkel. Die Stille ringsum war vollkommen. Der Generator arbeitete nicht mehr.

»Was, zum Teufel, ist passiert?« knurrte Julian.

Er sah sich um und entdeckte Kauuch, der noch immer in der Nähe des Schotts lag. Er bewegte sich, soweit es ihm die Fesselung gestattete. Also lebte er noch.

»Ein ganz natürlicher Effekt, Sir«, antwortete der Robot im Tonfall dessen, der alles schon längst wußte. »Das Donnern rührte von plötzlich verdrängter Luft her. Nach dem Ausschalten des Mikrofelds entstand das feindliche Raumschiff mit seinen wirklichen Ausmaßen mitten in einem Raum, der bis dahin von Luft unter atmosphärischem Druck erfüllt war. Diese Luft wurde verdrängt. Der Verdrängungsvorgang erzeugte das donnernde Geräusch. Wie etwa bei einem Gewitter, Sir.«

Julian sah ihn lange an.

»Ich wußte schon immer, daß du sehr schlau bist«, sagte er mit gespieltem Ärger.

In Wirklichkeit empfand er soviel Erleichterung, daß ihm die Knie zu zittern begannen.

Sein Plan war gelungen.

11.

Der Rest war ein Kinderspiel. Der Gegner hatte die Überlegenheit ihrer Waffen kennengelernt und wagte sich nicht mehr hervor. Kauuch, der seine Vertrauenswürdigkeit nun voll unter Beweis gestellt hatte, wurde befreit und benutzte den in der Generatorhalle angebrachten Interkom – ein primitives Gerät, das drahtgebunden arbeitete –, um sich mit dem Kommandanten des Schiffes in Verbindung zu setzen. Das gelang ihm zunächst nicht. Wer auch immer am anderen Ende der Leitung saß, er hatte nicht das geringste Interesse zu antworten.

Am frühen Nachmittag trat eine entscheidende Wendung ein. Die Luft über dem Hügelland begann plötzlich von kugelförmigen Raumschiffen aller Größenordnungen zu wimmeln. Der terranische Flottenverband, den Julian um sofortige Hilfe gebeten hatte, war über Filchner angekommen. Ein Geschwader von leichteren Einheiten, angeführt von einem achthundert Meter durchmessenden Schlachtkreuzer, bezog über den Hügeln Position.

Die Restbesatzung des Schiffes fühlte sich bedroht. Kauuch unternahm einen erneuten Versuch, den Kommandanten zu erreichen; und diesmal hatte er Erfolg. Er berichtete von seinen Erlebnissen. Er schilderte in seinen eigenen Worten, um wieviel die terranische Technik der seines eigenen Volkes überlegen war – auch wenn dieses auf einigen eng begrenzten Gebieten die Technologie des irdischen Gegners um einige Schritte hinter sich zurückgelassen hatte, wie zum Beispiel auf dem Gebiet der Mikrofeldtechnik.

Der Kommandant nahm Kauuchs Erklärung für bare Münze. Er gab zu, daß er sein Unternehmen für gescheitert hielt, und erklärte sich mit den Bedingungen, die ihm Julian durch Kauuch stellte, ohne Zögern einverstanden. Die Bedingungen lauteten: Dem Walzenschiff und seiner Besatzung würde freier Abzug zugestanden, wenn im Augenblick des Starts alle auf Filchner gelandeten Besatzungsmitglieder sich an Bord befanden – und nachdem der Mikrofeldgenerator demontiert und außerhalb des Schiffes zurückgelassen worden war.

Wenige Minuten später begann die Funkanlage des Schiffes zu arbeiten. Die Mitglieder des Stoßtrupps, die sich in Mikrokugelgestalt in Rivertown und Umgebung, einzelne auch noch in den Gehirnen von Arek-Kriegern aufhielten, wurden über die Entwicklung der Lage in Kenntnis gesetzt und erhielten den Befehl, auf dem schnellsten Wege zum Schiff zurückzukehren. Unter einer Eskorte terranischer Kriegsschiffe erhob sich das Walzenfahrzeug selbst vom Boden und flog nach Nordosten, um in der Nähe von Rivertown zu landen, so daß die Einschiffung rascher vor sich ging.

Der Mikrofeldgenerator wurde demontiert und außerhalb des Schiffes aufgestellt. Das Schleusenschott, das Julian zerschossen hatte, wurde repariert. Am Morgen des nächsten Tages startete das fremde Schiff. Kauuch befand sich an Bord. Julian hatte ihn nicht mehr gesehen, seitdem er mit Meech und Kalep das Walzenschiff am vorigen Nachmittag an Bord seiner Gazelle verlassen hatte.

Am westlichen Rand der Siedlung landete ein kleineres Kriegsschiff – ein Kreuzer der Städte-Klasse mit dem Namen Canberra. Julian war erstaunt, denn er hatte bisher weder einen Landebefehl gegeben, noch eine Bitte um Landeerlaubnis vom Kommandanten des Verbands erhalten. Überdies pflegten Städtekreuzer nicht in Verbänden zu fliegen, sondern waren zumeist einzeln operierende Einheiten.

In dem Geländewagen, in dem er und Meech vor einigen Tagen in Rivertown angekommen waren, fuhr Julian zum Landeplatz des Kreuzers hinaus. Die Landebrücke war inzwischen ausgefahren. Am Fuß der Brücke, von einigen Offizieren in erstaunlich hohem Rang umgeben, erwartete ihn ein mittelgroßer, stämmig gebauter Mann mit eckigen Schultern, einem fröhlichen Gesicht und rostroten Haarborsten, die kampfeslustig zu Berg standen.

Reginald Bull, der zweite Mann im Imperium!

Julian stieg aus und salutierte.

Um diese Zeit war der geheimnisvolle Nebel noch dreieinhalb Tage von Filchner entfernt.

Ein halber Tag war seit der Landung des Städtekreuzers vergangen. Reginald Bull gab sich äußerst freundlich und erklärte seine Anwesenheit auf Filchner damit, daß er neugierig genug gewesen sei, um die lange Reise von Terra zu unternehmen.

Inzwischen war die Sonne untergegangen. Julian rechnete damit, daß der Kommandant des auf Filchner gelandeten Feindschiffes sich sofort nach seinem Abflug mit seinen Auftraggebern in Verbindung gesetzt hatte. Nach der Bauweise seines Triebwerks zu urteilen, die Meech eingehend studiert hatte, mußte er sich jetzt in unmittelbarer Nähe des Nebels befinden.

Reginald Bull gab sich geheimnisvoll, als er nach Einbruch der Dunkelheit die Bewohner der Siedlung – das waren Sifter, Kalep und Lorran, denn Doreen und Pete Baerman waren seit jener Nacht spurlos verschwunden – zum Observatorium führte. Julian Tifflor und Meech Hannigan erwarteten sie dort. Meech hatte das Teleskop eingerichtet. Auf dem Bildschirm im Meßraum waren die Fülle der Sterne und der Nebel deutlich zu sehen.

Bull begann zu sprechen.

»Mein Hiersein«, sagte er mit ruhiger Stimme, in der nicht die leiseste Spur von Erregung zu bemerken war, »verdanken Sie einem Offizier des Solaren Imperiums, der es vor kurzer Zeit unternahm, die vom Großdaministrator selbst empfohlene Strategie gegen einen unerwartet aus den Tiefen des Alls auftauchenden Gegner für unwirksam zu erklären, und es mit Hartnäckigkeit, Konsequenz und unübertroffenem Beobachtungsvermögen verstand, den Administrator schließlich zur Rücknahme seiner Anweisungen zu bewegen.

Wenn Ihnen das alles ein wenig verschwommen klingt, dann lassen Sie mich Ihnen den Mann vorstellen, von dem ich spreche. Er steht dort drüben – Solarmarschall Julian Tifflor!

Das Imperium hielt die fremden Wesen, die aus den Tiefen der Humdinger-Ballung ein unidentifizierbares, nebelförmiges Objekt in Richtung Filchner auf die Bahn gebracht hatten, für einen gefährlichen Gegner, den man auf keinen Fall unterschätzen durfte und der zunächst einmal geraume Zeit beobachtet werden mußte, bis man seine Denkweise, sein Verhalten, seine Schliche und Taktiken gut genug kannte, um etwas gegen ihn unternehmen zu können. Das Imperium war bereit, Filchner widerstandslos zu opfern, falls eine Möglichkeit bestand, daß bei dem Vorstoß gegen Filchner etwas über die Charakteristiken des Gegners gelernt werden konnte.

Marschall Tifflor hat dieses Schicksal von Filchner abgewendet. Sein Argument war, daß ein Volk, das zeit seines Lebens in einem engen, von magnetischen Stürmen und anderen turbulenten Erscheinungen erfüllten Raumsektor gefangen war, nicht unbedingt ein technisch überlegener Gegner sein müsse. Sicherlich – auf einigen Gebieten sei die fremde Technik der unseren überlegen, aber auf anderen hinke sie hinter der unseren her. Marschall Tifflor gebrauchte einen eindrucksvollen Vergleich: Für den Gegner, der aus einem dichten Nebelgebiet kommt, müsse es ebenso schwer sein, sich im freien Weltall zu bewegen, wie für einen augenlosen Höhlenmolch, sich im Sonnenschein zurechtzufinden.

Diese Argumente, die zunächst auf reiner Vermutung beruhten, erwiesen sich nach eingehender Beobachtung hier auf Filchner als richtig. Wir wissen, daß die feindliche Technologie im Grunde genommen unbeholfen und primitiv ist. Es ist auf gewissen Gebieten, zum Beispiel denen der Regel- und Feldtechnik, zu erstaunlichen Leistungen gekommen. Aber im großen und ganzen ist der Gegner uns hoffnungslos unterlegen.

Lassen Sie mich auf das wenige eingehen, was wir über die Lookh wissen. Unsere Informationen rühren von Sergeant Hannigan her, der mit einigen Mitgliedern der Besatzung des feindlichen Walzenschiffes sprach.

Die Lookh entwickelten die Raumfahrt erst vor kurzer Zeit. Bemerkenswerterweise, da sie in einem Ein-Planeten-System beheimatet sind, war Raumfahrt für sie identisch mit interstellarer Raumfahrt. Es gab keine Nachbarplaneten, die sie besuchen konnten. Ihr erster Raumflug führte zum nächsten Stern, durch Nebel und Stürme, dreieinhalb Lichtjahre weit entfernt.

Sie drangen bis zum Rand des Nebels vor und sahen zum erstenmal den freien Kosmos. Sie entschieden – wie ein Kind, das ein schöneres Spielzeug sieht als das, das es gerade besitzt –, daß es ihnen dort draußen besser gefallen würde als im Innern ihres Nebels. Auf diese Weise erfuhren sie, daß es auch außerhalb des Nebels intelligentes Leben gab. Sie beobachteten einige unserer Raumschiffe, als sie sich dem Nebel näherten. Von da an wußten sie, daß es nicht allzu leicht sein würde, in das freie Weltall vorzudringen und sich irgendwo anzusiedeln. Andere Rassen würden ihnen Widerstand leisten.

Mit ihren gebrechlichen Schiffen, von Mikrofeldern umhüllt, drangen sie unbemerkt in die Umgebung des Nebels vor. Eine der ersten Welten, die sie besuchten, war Filchner. Zu jener Zeit war das Experimentalkommando dabei, den Planeten zu untersuchen und für die Besiedlung freizugeben. Kurze Zeit später landeten Sie, meine Herren, mit Ihren unbegrenzten Vorräten an Maschinen, Geräten und Energie. Die Lookh, die um ihre technische Unterlegenheit sehr wohl wußten, kamen auf die Idee, daß sie auf Filchner alles lernen könnten, was sie noch nicht wußten.

In aller Eile bauten sie eine mächtige Flotte von Raumschiffen. Ihre Leistung muß bewundert werden. Natürlich gab es ein Handikap. Um Filchner zu erobern, brauchten sie *alle* Schiffe, die sie besaßen, denn der Gegner, der Filchner unter Umständen verteidigen würde, war ihnen technisch überlegen. Eine große Raumflotte aber kann nicht unbemerkt vom Humdinger-Nebel nach Filchner gelangen. Sie wäre sofort geortet worden, und der Gegner hätte seinen Widerstand unverzüglich organisiert.

In ihrer Verlegenheit griffen die Lookh nach einem Mittel, das nur ihnen alleine plausibel erschien. Sie hüllten ihre gesamte Flotte in ein Mikrofeld, so daß sie von weitem den Anschein eines kleinen interstellaren Nebels vermittelte. Ein kleiner Nebelfetzen war für die Lookh das Natürlichste auf der Welt. In der Umgebung ihrer Heimatwelt gibt es Tausende solcher Fetzen, um die sich niemand kümmert.

Sie hatten vergessen, die Verschiedenheit der Mentalitäten in Rechnung zu ziehen. Der kleine Nebel fiel uns sofort auf. Wir hielten ihn unter Beobachtung und wußten innerhalb weniger Stunden, daß er kein natürlich entstandenes Gebilde sein konnte. Was er in Wirklichkeit war, das konnten wir erst ahnen, nachdem Marschall Tifflor seine bahnbrechenden Beobachtungen angestellt hatte. Eine Flotte von Raumschiffen, zu nahezu kugelförmiger Formation angeordnet – und von einem Feld umgeben, das die wahren Dimensionen für den außenstehenden Beobachter um das Sechshunderttausendfache schrumpfen läßt.

Die Kugel, die der Flottenverband einnimmt, durchmißt maximal einhunderttausend Kilometer – von uns aus gesehen. Würde das Feld abgeschaltet, dann wüchse dieses Maß auf sechshundert Millionen Kilometer, und in diesem Raum müssen mehr als fünfzig Millionen feindlicher Raumschiffe verborgen sein. Gebrechliche Fahrzeuge, in aller Eile erbaut, um den Lookh den ersten Vorstoß in eine fremde Welt zu ermöglichen.

Im Innern des Verbandes bewegt sich ein riesiges Fahrzeug, das den Mikrofeldgenerator an Bord trägt. Der Generator verbraucht so viel Energie, daß ein direkter Hyperflug nicht möglich ist. Die Flotte bewegt sich wie ein flach geworfener Stein über das Wasser – sie springt zwischen Normal- und Hyperraum hin und her.

Die Denkweise der Lookh ist die unerfahrener Kinder. Ihr Vorstoß nach Filchner brachte sie zum erstenmal mit einem anderen Volk in engen Kontakt. Es gelang uns, den Kommandanten des hier gelandeten Schiffes davon zu überzeugen, daß sein bisheriges Weltbild völlig verzerrt und falsch war. Wir ließen ihn gehen, damit er seinen Leuten von seinen Erlebnissen berichten kann. Sein Rang ist sehr hoch. Seine Worte besitzen Überzeugungskraft und Autorität.

Wir haben den Lookh freigestellt, mit uns freundliche Verbindung aufzunehmen oder sich in ihren Nebel zurückzuziehen. Wie sie sich entscheiden werden, wissen wir nicht. Selbst wenn sie sich jedoch für die Rückkehr entschließen – der Tag wird kommen, an dem ...«

Er wurde unterbrochen. Joe Kalep stieß einen spitzen Schrei aus.

»Der Nebel ...!«

Aller Augen richteten sich auf die Bildfläche. Der Nebel war verschwunden. Lorran und Sifter sprangen von ihren Stühlen auf und bestarrten das Bild in atemlosem Staunen.

»Damit«, erklärte Reginald Bull nach einer Weile, »findet Marschall Tifflors Feldzug der Gewaltlosigkeit seinen triumphierenden Abschluß. Das Walzenschiff hat die anfliegende Flotte erreicht. Funkverbindung bestand schon einige Zeit zuvor. Es ist dem Kommandanten offenbar gelungen, die Flottenleitung von seinen Ansichten zu überzeugen.«

Er warf einen kurzen Blick auf den Bildschirm. Die Stelle, an der vor wenigen Minuten der Nebel geschwebt hatte, war immer noch leer.

»Was wird jetzt geschehen, Sir?« fragte Sifters tiefe Stimme.

»Das weiß ich nicht«, antwortete Reginald Bull und zuckte leise mit den Schultern. »Wir müssen abwarten.«

Doc Lorran stand auf.

»Sir«, begann er sichtlich verwirrt, »haben Sie sich bei dieser ganzen Sache wirklich nur auf Vermutungen verlassen? Ich meine – wenn die feindliche Flottenleitung nun *nicht* auf den Kommandanten des Walzenschiffes hört und sich statt dessen entscheidet, den Vorstoß auf Filchner fortzusetzen ... ich meine, was geschieht dann?«

Reginald Bull lächelte ihn an.

»Sie sollten etwas mehr Zutrauen zu den militärischen Führern des Imperiums haben, Doktor«, wies er Lorran zurecht. »Nein, wir verließen uns nicht nur auf Vermutungen. Jetzt, da die feindliche Flotte zum Stillstand gekommen ist und sich im Normalraum befindet – die einzelnen Schiffe soweit voneinander entfernt, daß sie von hier aus nicht mehr wahrgenommen werden können –, bekommt sie einen beeindruckenden Anblick zu Gesicht.«

Lorran bekam große Augen.

»Und welcher Anblick ist das, Sir?«

»Der Anblick von ungefähr zwanzigtausend angriffsbereiten, strategisch günstig postierten schweren und schwersten Einheiten der terranischen Flotte, Doktor. Denken Sie, das genügt?«

Wenige Stunden später trafen die ersten Nachrichten von den vorgeschobenen Einheiten der Wachflotte ein. Die Lookh hatten sich entschlossen, den Rückzug zur Humdinger-Ballung anzutreten. Sie legten keinen Wert auf die Aufnahme von Kontakten mit dem Imperium.

Eines Tages würde es anders sein. Eines Tages in der Zukunft würden sie wieder aus ihrem Nebel hervorkommen – oder terranische Schiffe in den Nebel vorstoßen. Und niemand vermochte zu sagen, wie die zweite Begegnung sich anlassen würde.

Der kleine Flottenverband, der rings um Filchner Aufstellung genommen hatte, flog wieder ab. Filchner bedurfte seines Schutzes nicht mehr. Julians Gazelle wurde an Bord des Städtekreuzers Canberra gebracht. Ebenso an Bord des Kreuzers ging Doc Lorran, um sich auf der Erde für sein Handeln zu verantworten.

Joe Kalep und Darrel Sifter blieben zurück. Sie behaupteten, sie kämen allein mit der Siedlung zurecht, aber Reginald Bull ließ ihnen noch einen Sergeanten und drei Mann da, bis das Siedlungsamt einen neuen Kolonistentrupp auf den Weg gebracht hatte. Es stand so gut wie fest, daß während der zweiten Etappe die Zahl der Siedler auf Filchner wenigstens um das Hundertfache höher sein würde als während der ersten.

Pete und Doreen Baerman blieben für immer verschollen. Ihr Schicksal wurde nie geklärt. Julian nahm an, daß sie sich den Wäldern im Westen zugewandt hatten – aus Scham über ihre Schuld. Vielleicht lebten sie dort irgendwo, vielleicht waren sie den Gefahren der unerforschten Wälder zum Opfer gefallen.

Das Baerman-Haus wurde durchsucht, bevor die Canberra startete. Es bestand die Möglichkeit, daß entweder Pete oder Doreen einen letzten Hinweis hinterlassen hatten.

Kein Hinweis wurde gefunden – nur ein angefangener Brief, der das Datum des Tages trug, an dem Julian und Meech auf Filchner angekommen waren. Die Handschrift war unverkennbar Doreens. Der Brief enthielt außer dem Datum nur eine einzige Zeile:

»Geliebter Meech!«